民國文化與文學_{研究}

民國文化與文學 研究文叢

十四編

李 怡 主編

第 **13** 冊

黑棉褲：全面抗戰爆發前的國粹電影
—— 1934～1937 年現存文本讀解（下）

袁慶豐 著

國家圖書館出版品預行編目資料

黑棉褲：全面抗戰爆發前的國粹電影——1934～1937 年現存
文本讀解（下）／袁慶豐 著 -- 初版 -- 新北市：花木蘭文化
事業有限公司，2021〔民 110〕
目 2+172 面；19×26 公分
（民國文化與文學研究文叢　十四編；第 13 冊）
ISBN 978-986-518-524-4（精裝）
1. 電影史　2. 電影片　3. 影評
820.9　　　　　　　　　　　　　　　　　110011214

特邀編委（以姓氏筆畫為序）：

丁　帆　　王德威　　宋如珊
岩佐昌暲　奚　密　　張中良
張堂錡　　張福貴　　須文蔚
馮　鐵　　劉秀美

ISBN-978-986-518-524-4

9 789865 185244

民國文化與文學研究文叢
十四編　第十三冊　　　　　　　ISBN：978-986-518-524-4

黑棉褲：全面抗戰爆發前的國粹電影
—— 1934～1937 年現存文本讀解（下）

作　　者	袁慶豐
主　　編	李　怡
企　　劃	四川大學中國詩歌研究院
總 編 輯	杜潔祥
副總編輯	楊嘉樂
編　　輯	許郁翎、張雅淋、潘玟靜　美術編輯　陳逸婷
印　　刷	普羅文化出版廣告事業
出　　版	花木蘭文化事業有限公司
發 行 人	高小娟
聯絡地址	235 新北市中和區中安街七二號十三樓
	電話：02-2923-1455 ／傳真：02-2923-1452
網　　址	http://www.huamulan.tw 信箱 service@huamulans.com
初　　版	2021 年 9 月
全書字數	216049 字
定　　價	十四編 26 冊（精裝）台幣 70,000 元

黑棉褲：全面抗戰爆發前的國粹電影
——1934～1937 年現存文本讀解（下）

袁慶豐 著

目

次

第肆章 《慈母曲》(1936年)——從舊道德和舊倫理中發掘新思想和新文化（存目）^{〔註1〕}

圖片說明：中國大陸市場銷售的《慈母曲》VCD 碟片（「俏佳人系列」）包裝之封面（左）、封底照。（圖片攝影：姜菲）

閱讀指要：

　　（略）。

關鍵詞：舊市民電影；左翼電影；新市民電影；國粹電影；朱石麟

〔註 1〕我對《慈母曲》的個案討論，初稿寫於 2003 年 8 月 20 日，最新一稿（七稿）改定於 2020 年 4 月 26 日～27 日，但始終沒有投寄發表，當年也沒有收入拙著《黑白膠片的文化時態——1922～1936 年中國早期電影現存文本讀解》（上海三聯書店 2009 年版）。原因是受到一本權威電影史著述的誤導，以為影片的出品時間是 1937 年（《中國電影發展史》第一卷，程季華主編，中國電影出版社 1963 版，第 612 頁）。根據二十多年的慣例，我一般都是將專題論文先行發表後才將未刪節（配圖）版收入專輯。故此次僅將以後需要的配圖集合呈覽，其中，沒有文字說明的圖片均為影片截圖。特此說明，並致歉意。

專業鏈接 1：《慈母曲》（故事片，黑白，有聲），聯華影業公司 1936 年出品。
　　　　VCD（雙碟），時長 111 分鐘 53 秒。

>>> 編導：朱石麟；監製、導演：羅明佑；攝影：張克瀾、石世
　　磐、黃紹芬。

>>> 主演：林楚楚（飾老母親）、劉繼群（飾老父親）、洪警鈴（飾
　　長子）、黎灼灼（飾大兒媳）、鄭君里（飾二子）、白
　　璐（飾二兒媳）、羅朋（飾四子）、龔智華（飾四兒媳）、
　　梅琳（飾大女兒）、章志直（飾演大女婿）、黎莉莉（飾
　　二女兒）、蔣君超（飾二女婿）、張翼（飾三子）、陳
　　燕燕（飾成年鄰家女）。

專業鏈接 2：原片片頭及演職員表字幕（以原有格式錄入）

提倡藝術

宣揚文化

挽救影業

啟發民智

聯華出品

慈母曲

監製　導演

羅　明　祐

製片　主任

黎　民　偉

編　導

朱　石　麟

攝　影

張克蘭　石世磐

黃紹芬

布景　劇務

張漢臣　□□□

錄　音

蔣　白

音響

□□□　□□□

作　曲

呂　驥

演奏者

林陳秦黃章徐許朱

志　鵬貽正圭光

□□□□□□□□

聯　華

全體演員

聯合主演

演員表

(以出場先後為序)

林楚楚……………慈母

葛佐治……(幼年)三子

黎　鏗……(幼年)四子

劉繼群……………老父

陳娟娟……(幼年)鄰女

黃筠貞……………教師

張　翼……………三子

陳燕燕……………鄰女

韓蘭根……………村長

洪警鈴……………長子

黎灼灼……………長媳

羅　朋……………四子

龔智華……………四媳

章志直……………長婿

梅　琳……………長女

時覺非……………獄卒

劉　瓊……………少年

黎莉莉……………次女

鄭君里……………二子

蔣君超……………次婿

白　璐……………二媳

尚冠武……………院長

殷秀岑……………鄰人

專業鏈接 3：影片鏡頭統計

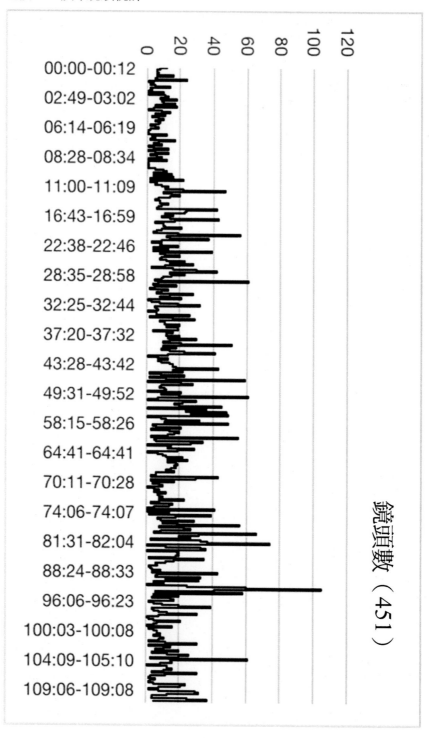

說明：《慈母曲》全片時長 111 分 55 秒，共 451 個鏡頭。其中：

甲、小於和等於 5 秒的鏡頭 124 個，大於 5 秒、小於和等於 10 秒的鏡頭 104 個，大於 10 秒、小於和等於 15 秒的鏡頭 76 個，大於 15 秒、小於和等於 20 秒的鏡頭 55 個，大於 20 秒、小於和等於 25 秒的鏡頭 27 個，大於 25 秒、小於和等於 30 秒的鏡頭 17 個，大於 30 秒、小於和等於 35 秒的鏡頭 13 個，大於 35 秒、小於和等於 40 秒的鏡頭 8 個，大於 40 秒、小於和等於 45 秒的鏡頭 10 個，大於 45 秒的鏡頭、小於和等於 50 秒的鏡頭 4 個，大於 50 秒的鏡頭 13 個。

乙、片頭鏡頭 7 個，片尾鏡頭 1 個；字幕鏡頭 0 個。

丙、固定鏡頭 343 個，運動鏡頭 108 個。

丁、遠景鏡頭 12 個，全景鏡頭 86 個，中景鏡頭 116 個，近景鏡頭 157 個，特寫鏡頭 73 個。

（數據統計與圖表製作：田穎、劉麗莎、歐媛媛；複核：馬心點）

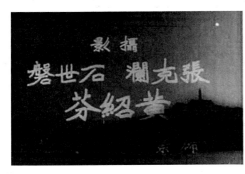 

專業鏈接 4：影片經典字幕與臺詞選輯

「你少喝一點兒酒吧，你也不想想嗎？」──「我想什麼呀？我想的就是這個、這個酒！」──「兒女都大了，學費、鉛紙、零用哪一樣不花錢呢？我們這一點兒田產賣的賣、押的押，也就快完了。照這樣下去，是要坐吃山空的呀！」──「哈哈哈哈，你的意思是又來叫我做工嗎？老實告訴你吧，大事情我做不來，小事情我不高興做，不大不小的事情現在又沒有！」

「老三！老三呢？」──「他不是出去給你買麵去了嗎？」──「我瞧瞧。大肥肉，老大頂愛吃；紅燒魚，老四頂愛吃魚的；雞湯，大姑爺頂愛吃雞。今天菜真不錯！」──「你總不把老三放在心上。」──「嗯？並不是我偏心！你瞧，老大他們都已經成家立業到外邊去做事了，只有老三這

孩子還在家裏種田呢！」——「都是你不要他念書，叫他去做什麼事呢？倒是他在家裏幫了你這幾年了，種田，做事，你那些好兒子呢？一個個都跑出去了，難得跑回來看你一趟。他們到底幫了你點兒什麼呢？」——「好了好了，老三是你的好兒子，我可不喜歡他！」

「現在做醫生真難做，有錢的都相信西醫，沒有錢的上門來我們只好貧民不濟，不過，錢是小事，我們做醫生的頭一件事就是要講的良心好！」——「真的，他的心眼太好了，有許多病人要是年老的窮的，他連一個蹦子也不要人家的，還待他們跟自己人一樣呢！」——「大哥，你待病人那麼好，那麼待自己的父母一定更好嘍？」

「大哥，您的事情很忙，難得回家來，今天我趁著這個機會有幾句話想跟你說一說！從前我們的家境還好，我們自己有田，用著佃戶來種田。我呢，幫著爸爸收收租，所以家裏也用得著我。後來我們用不起佃戶了，只好自己來種田了。我有氣力，能夠種田，所以家裏也用得著我。這幾年，我們村裏連著遭了兩次水災，一次旱災，我們家裏的田都完了，我只好替人家去種田。現在人家他們也用不起我了，我在家裏也沒有什麼用處了，我自己只好出去想想辦法了。不過，我書念得少，比不得大哥那麼能幹。爸爸跟媽年紀都大了，爸爸又不能做事又愛喝酒，媽勸他也不聽。眼看著我們這份人家很難維持下去，所以今天我想請大哥定一個辦法。」——「你的意思是叫我老大一個人來養父母嗎？」——「不是的，你是長子，當然要問你的了。」——「長子？長子又怎麼樣？長子又不能夠多分一份產業！」——「大哥，您的意思是要多分點產業才養父母嗎？」——「胡說！今天是大家給爸爸拜壽來的，並不是聽你的教訓來的。胡說八道！」

「我良心上真難受，我實在受不了了，我說老實話，我是個賊！我是個賊！」——「爸爸，千萬不要這樣，不要難過，我在這兒，不久就會出去的，我身體還好，我受點委屈算不了什麼的！」——「你媽為你傷心的不得了，你不要讓她太傷心了，還是讓我去說明了吧！」——「媽有六個兒女，只有一個丈夫，您來了不是叫媽更傷心嗎？您還是快回去吧！」——「我怎麼對得起你呢？我怎麼好做人呢？我怎麼對得起你呢？我怎麼好做人呢？」

「你把有用的身體替這樣的父親坐監，簡直愚忠愚孝，我絕不贊成這種做法！」——「你說的這幾句話雖然不錯，可是在我們鄉下我認了罪，頂多是毀了我自己一個人，要是我父親認了罪，他的兒女多，那就我們家裏全毀了。我不願意我們兄弟姊妹都給人家瞧不起，所以還是讓我一個人來挨罵吧！」

「伯母，您好一點兒了嗎？」——「我好一點了，謝謝你。」——「大哥沒有來看您嗎？」——「自從老頭子死了以後，我一直病到現在，也只有你姑娘常常來看看我。他們都沒來過！」——「要不您搬到我家去住吧？在這沒有人照應您，好不好？」——「謝謝你的好意，我不能到你那兒去住，我有這麼多兒女，我怎麼能搬到人家家裏去住呢？我想老三也快出來了！」

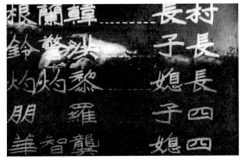

「大少奶奶，家裏的米又沒有了」——「怎麼我們的米吃得那麼快啊？」——「你想怎麼能不快呢？人要吃，狗要吃，貓也要吃，不過狗吃了會替我們看門，貓吃了替我們拿耗子，有一種人一點用處也沒有，那簡直是糟蹋白米的！」——「可不是嘛！」——「大少奶，你這話是說我吧？我在你們這兒，一天到黑燒茶煮飯，掃地洗衣裳，我哪一件事不做啊？也不算白吃你們的飯！」——「您不要多心啊，您是一位老太太，在這裡吃兒子的飯，誰敢說一個不字啊？我說的是那種人啊，在世界上有了他不嫌多，沒有他也不嫌少的那種廢物！」——「好了好了，別說了，說來說去就是米，可惜老三沒在這兒，要是老三在這兒，我就請他去給我偷一點米來。不是我不要花錢去買了嗎？哈哈哈哈！」——「老大，你說話也忠厚一點！」——「怕人家說就自己別做，做了不能讓人家不說！老三這沒出息的孩子，你瞧，他出去這兩個來月，不但一個錢沒寄回來，連一封信都沒有！」——「他準是又坐監去了！」——「你，你們不要這樣糟蹋老三！他不是一個壞人，他是我的好兒子！」——「他是你的好兒子？那我一定是你的壞兒子咯？那你為什麼要住在我壞兒子的地方呢？」——「為什麼不到你的好兒子那兒去呢？」——「好，我這就走！我還有兒子呢！」

「你媽要住在這兒嗎？」——「是要住在這兒」——「哪有地方給她住？」——「她大遠的來了，怎麼好不留她呢？」——「你這個孝子！」——「這不是孝不孝的問題，養娘也是做兒子的責任！」——「責任？大兒子不養要你小兒子養？」——「輕一點！她住幾天也就會走的，是不是？」

「阿寶，把飯給我減掉點！」——「自從媽來了之後，小菜樣樣都好，你怎麼總吃不下飯？」——「我也不知道，好像飯裏有骨頭似的，簡直吃不下！」

「真糟糕，真倒楣，怎麼出這麼亂子。這怎麼辦？這怎麼辦呢？」——「我們給她請個醫生來看看吧？」——「請醫生？醫生不要錢嗎？我一輩子也沒看過醫生，再說這件事情要她兒子來管，我可管不起！」——「那麼你把大哥請來給她看看吧？」——「我真是糊塗了！大哥不是醫生嗎？」——「是呀！」——「那把她送去好了！」——「病人不能勞動，還是你把大哥叫來吧！」——「那好吧！我先去把他找來，看看再說！」

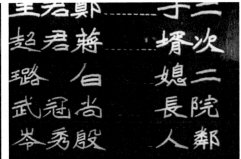

　　「媽的傷不要緊的，吃這一點藥就好」——「你媽摔傷了你不去看，你給那麼點藥就算了嗎？」——「我的藥非常靈的，你不要，那就另請高明！」——「胡說八道！另請高明？又不是我家裏有病人來請你，那麼她是你的媽呢還是我的媽？你這人真豈有此理！你不去？好，我馬上把她給你送來！」——「病人不能勞動，我這個時候還沒空。我再等……四點鐘我來，四點鐘！」——「四點鐘？好，我等你！」

　　「大哥呢？」——「他不來啊？」——「不要緊，媽叫我寫了兩封信，給二哥二妹。他們就會來接她的」——「就會來接她？說得那麼容易，上了年紀的人，過一天有一天的危險，過一點鐘有一點鐘的變化！」——「不見得我媽就會死在你家裏！」——「哼，這也說不定！你的那寶貝大哥巴不得那麼著呢，讓我來替他辦後事！」——「你也是、你也是半子啊！」

　　「哎，你的媽今年多大歲數了？」——「六十九」——「六十九？哎呀！六十九、六十九、閻王老子請喝酒。糟糕！」——「不對，六十八！」——「六十八？更糟糕！六十八、六十八，棺材蓋上爬，爬呀爬，溜…溜下去了」——「不要瞎說！」——「你知道一副棺材要多少錢？就是一副松板也夠我們兩個月的吃用！」——「你總是這樣，就怕花錢！」——「不要你管！」

　　「你瞧，同在一個地方，一個說冷，一個說熱。都是不要你去啊，這種好兒女！」——「可不是嗎？她有那麼多的好兒女，都不去養她。要你這壞兒子來養她，你這大傻瓜！」

專業鏈接5：影片觀賞推薦指數：★★☆☆☆

專業鏈接6：影片學術價值指數：★★★★☆

記標之片鉅

行發安華

聯華有聲對白鉅片

兼導演　羅明佑監製
朱石麟編劇

萬片之王

慈母曲

聯華全體明星合演

聯影從未之成
華片來有大功　聯演從未之集
華員來有大合

流盡天下父母淚
刺盡天下子女心

將映於金城大戲院

可歌可泣・亦莊亦諧

圖片說明：《慈母曲》廣告，載《聯華畫報》1937年第9卷第1期，第14頁。

甲、前面的話（略）

乙、《慈母曲》之前的文化生態背景和電影文本實證分類（略）

丙、《慈母曲》的國粹電影形態屬性及其特徵（略）

丁，結語（略）

戊、多餘的話（略）

第伍章 《人海遺珠》(1937年)——不同於舊電影的舊,也有別於新電影的新

閱讀指要:

　　1930年代初期,中國電影有了新、舊之分。舊電影即舊市民電影,新電影除了左翼電影,還有有條件地抽取、借用左翼電影思想元素的新市民電影,以及既反對左翼電影激進的社會革命立場,又反對新市民電影的都市文化消費主義,同時又具有舊市民電影不曾具備的新思維的國粹電影。《人海遺珠》以母親形象和女兒形象的道德擔當為切入點,體現的既是家國一體的核心價值觀念,也是在新的時代對傳統倫理道德的重新定位。這是編導朱石麟,也是國粹電影在抗戰全面爆發前夕的進一步豐滿和持續闡釋,更是國粹電影的文化主張在1937年的新標識。

關鍵詞:舊市民電影;左翼電影;新市民電影;國粹電影;朱石麟;聯華影業公司

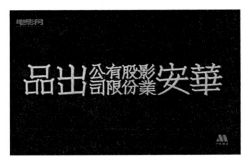

專業鏈接 1：《人海遺珠》（故事片，黑白，有聲），華安影業股份有限公司 1937
年出品。時長（網絡視頻版：電影網：www.m1905.com）：126 分
28 秒。

>>> **編劇、導演**：朱石麟；**攝影**：周達明。

>>> **主演**：李清、黎灼灼、黎莉莉、劉瓊、殷秀岑、洪警鈴、韓
蘭根、張琬、寧萱。

專業鏈接 2：原片片頭演職員表字幕（以原有格式錄入）

華　聯

提倡藝術

宣揚文化

挽救影業

啟發民智

聯華影片

出品　　影股有限公司　　華安
業份限司　　影股有公

人海遺珠

黎　　　　黎
灼灼　　莉莉

主　演

製片主任

陸　　潔

錄音　　　　攝影

鄺　贊　　周達明

音樂　　　　佈景

貝　禾　　張漢臣

劇務

孟君謀

剪接　　　　場務

陳祥興　　祝宏綱

編劇　導演

朱石麟

演員表

（以出場先後為序）

李　清…………王子方

黎灼灼…………朱　冰

洪警鈴…………洪師爺

黎莉莉…………珠　兒

恒　勵…………老　毛

龔智華…………舞　女

嚴　皇…………舞　女

寧　萱…………舞　女

張　琬…………舞　女

歐陽紅櫻………舞　女

殷秀岑…………殷大爺

劉　瓊…………王小方

韓蘭根…………韓老四

劉繼群………公安局長

專業鏈接 3：影片鏡頭統計

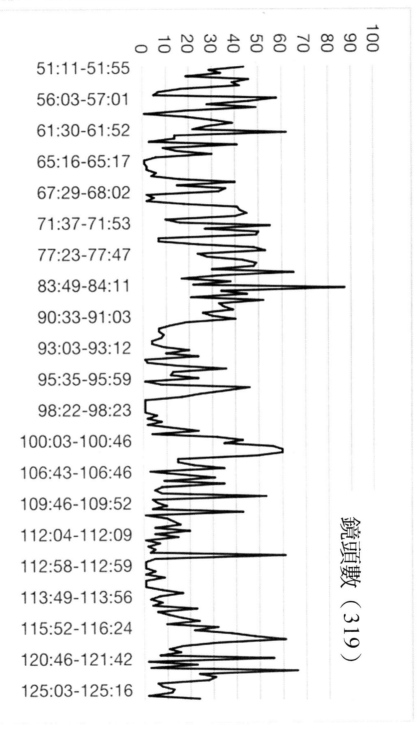

說明：《人海遺珠》全片時長125分57秒，共319個鏡頭。其中：

甲、小於和等於5秒的鏡頭61個，大於5秒、小於和等於10秒的鏡頭51個，大於10秒、小於和等於15秒的鏡頭26個，大於15秒、小於和等於20秒的鏡頭29個，大於20秒、小於和等於25秒的鏡頭25個，大於25秒、小於和等於30秒的鏡頭27個，大於30秒、小於和等於35秒的鏡頭22個，大於35秒、小於和等於40秒的鏡頭19個，大於40秒、小於和等於45秒的鏡頭16個，大於45秒的鏡頭、小於和等於50秒的鏡頭18個，大於50秒的鏡頭25個。

乙、片頭鏡頭11個，片尾鏡頭0個；字幕鏡頭0個。

丙、固定鏡頭232個，運動鏡頭76個。

丁、遠景鏡頭4個，全景鏡頭105個，中景鏡頭116個，近景鏡頭60個，特寫鏡頭22個。

（數據統計與圖表製作：田穎、劉麗莎；複核：馬心點）

專業鏈接4：影片經典臺詞選輯

「怎麼？我給你找了這麼一門好親事，你還不願意嗎？」——「爸爸的話，我怎麼敢不聽？不過……」——「不過什麼？竟然你在外邊胡鬧你以為我不知道嗎？」——「爸爸，我沒有什麼呀。」——「沒有什麼？有沒有我全不管！反正這門親事，你願意也要辦，不願意也要辦！」——「爸爸，我……」——「你還敢說話！你再要說個不字，馬上給我滾出大門，一輩子不許你回來！也甭想再拿我一個錢！」——「爸爸您不要生氣，兒子全聽爸爸的吩咐好了。」——「呵呵，這還像個人話。來啊，去請洪師爺來。」

「爸爸，我在外面有一點虧空，請爸爸給我一點錢，我好到外面去料理一下。」——「我說你在外邊胡鬧，沒有說錯吧。起來起來。只要你樣樣聽我的話，我這份家產還不都是你的嗎？」——「謝謝爸爸。」

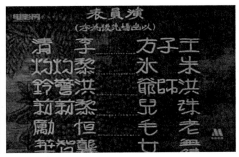

「子方，今天你怎麼捨得到我這兒來。我以為你永遠不來了。」——「我……我家裏面有點事情。」——「你要做新郎官了，自然該忙了！」——「你說什麼？沒有的事！」——「哼！王公館的大少爺要結婚了，誰不知道？」——「那是笑話！你又到我家裏來找我嗎？我不是說過叫你不要去嘛。」——「不要我去，那你的秘密我都不會知道了是不是？」——「冰，你不要這樣說！我怕你受了委屈，所以不讓你去。我不知道竟然我家裏有人監視我的行動！那個看門的老張就不是個好東西。」——「那我們的事，你父親都知道了？」——「也許。」——「所以你父親趕快要替你結婚，是不是？」——「他也有這個意思。但是，冰，我有了你，我怎麼會答應他呢？」——「子方，只要你良心放在中間。」——「放心好了，我絕不是那種人。好了，現在我們別談這些。你把孩子抱來我看看。」——「噢，孩子你醒了，瞧，你爸爸來了。」——「哎呦哎呦，你瞧她像誰？」——「嗯，她的鼻子跟嘴像爸爸。眼睛像我。」——「她長大了，一定跟她媽媽一樣的美麗。」——「你替她起個名字。」——「我叫子方，叫他小方好了。」——「小方？那是男孩子的名字。這是女孩子，另外起一個，要好聽一點兒。」——「讓我想一想。哦，有了有了，我姓王，你姓朱，那個王字和那個朱字合起來，不是成了一個珠字嗎？那我們就叫她珠兒好不好？」——「就是掌上明珠那個珠字是吧？」——「是啊，就是那個珠！」——「那好極了！珠兒，你爸爸替你起了名字了。珠兒，笑笑。哈哈，她真有點兒會笑了，你瞧見沒有？」——「這孩子大了一定很聰明的。」——「只要她爸爸好好地教育她。別再像她媽這樣的不三不四，給人家瞧不起。」——「得了，你又要勾起你的牢騷了，咱們高高興興的談談好不好？」——「好！咱們多談一會兒。你在這吃飯嗎？」——「好啊，你有什麼好菜？」——「你不在這吃飯，我總是隨隨便便的。」——「我也隨便好了，你去做飯吧。」——「好，孩子你抱著。」——「來我抱著。」——「珠兒乖點兒啊，別撒尿在你爸爸身上。」

「這種事，我家裏知道了，一定不答應的！」──「你家裏答應不答應，這不成問題。我只問你，愛我不愛我？」──「我是始終都愛你的。」──「只要你愛我，相信我，你就拋棄你的家庭，跟我一塊去過日子。我是不會辜負你的。」──「如果你的家裏，也不答應你呢？」──「那你放心，必要時我也可以拋棄我的家庭！」

「你在想什麼？」──「我在想，我們愛情的結合，當然不是為了金錢。但是我們要生活下去，也不能缺少了金錢，我老實告訴你吧，今天我父親要給我另外訂婚，我反抗了他，他要把我趕出大門，一輩子不許我回去，也別想再問他要一個錢。」──「你從前勸我，拋棄我的家庭，你說如果必要時，你也可以拋棄你的家庭。現在你可以證明你的話了。」──「我當然也可以拋棄我的家庭，不過，我很顧慮你們將來的生活。」──「那不要緊，我可以做工來養活我們母女，不會連累你的。」──「不過，珠兒的將來，我們總要預備一點錢，好好地教育她。」──「唉，沒有錢的人就不能教育兒女嗎？那窮人就不配念書嗎？你將來也可以掙了錢來陪著她的。」──「我自己沒有好好念書，我沒有這個自信力。」──「子方，你怎麼說出這種沒出息的話！」──「我是為你們著想，所以跟你商量一下好不好。我先假意去答應我父親的話，等我弄到一點錢。我們再打主意。冰，我對你絕對負責。絕不辜負了你。這是我從父親那支了 3000 塊錢，那你先存著，我再去弄錢，弄到夠我們用的時候，我就跟你逃到另外一個世界。去過我們甜蜜的日子。」──「呵呵呵呵！」──「冰，你怎麼了？」──「剛才你說你反抗了你父親，你父親還要趕你出門，一個錢也不給你。怎麼一會兒，又從你父親那裡拿了 3000 塊錢，你的話，前後矛盾，不打自招。你還要來騙我什麼？」──「冰，冰！你不要誤會了我的意思！」──「我一點也不誤會你，並且我非常明瞭你的意思。我跟你在這個社會裏本來就是兩種人。勉強的結合，根本就是錯誤！」──「冰，你不要這樣說！」──「你騙了我幾年，今天你又騙了我半天。你花言巧語的說了一大段話，繞了一個大圈你才說了你要說的話。你這不太苦了嗎？你老老實實，有什麼要說的，儘管說個痛快！你這樣吞吞吐吐，叫我聽的也怪難受的。」──「冰！我請你相信我，我絕不是那種人。」──「你？你是一位大少爺。同時，也是社會上一個寄生蟲！」──「噢……冰，你不要這樣說。」──「你只會靠著你祖上刮地皮的錢來花用，你不會用自己的氣力來換飯吃。」──「你不要這樣

說。」——「像你這樣，當然是不能脫離你的家庭。從今以後，你走你的陽
關路，我走我的獨木橋。咱們一刀兩斷！」——「不，不要這樣說，得了得
了，你別說了，你讓我慢慢的跟你解釋。」——「你有你的苦衷，我可以原
諒你，並且你放心，我不會跟你打官司敲竹槓的。」——「冰，我不會說話，
你別生氣。你先拿著這個，我們慢慢的再來商量一下。」——「呵呵呵，你
想拿錢來買我嗎？」——「我不是這個意思，冰。」——「你們有錢的人，
什麼事，愛幹就幹，幹錯了也不要緊，犯了罪殺了人也不要緊！」——「冰！
你不要這樣說。」——「只要有錢，什麼事都可以隨隨便便的做去！」——
「冰，你千萬不要錯怪了我！」——「哼，我的痛苦，我的損失，是錢可以
買回來的嗎？這錢，留著你去玩女人用吧！」——「冰，冰你不要這樣，冰
你不要這樣！」

　　「珠兒，一個有錢的人對一個年輕的女子，一見面就說要幫助她，那
是一種誘惑，你千萬不要上他們的當，他們都沒存著好心呢！」

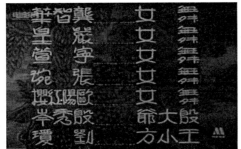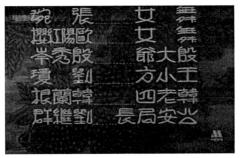

專業鏈接5：影片觀賞推薦指數：★★☆☆☆

專業鏈接6：影片學術價值指數：★★★★☆

甲、前面的話

　　《人海遺珠》在1937年完成上映前後，聯華影業公司的四幅廣告，極具
中國古典文學和傳統美學特徵（其影印件見下面的插圖，按發布時間順序排
列）。

　　其一：「造物主亂點鴛鴦譜／親兄妹誤作鳳凰儔」，所以，此片是「十年
來中國電影中最曲折離奇引人入勝的作品」[1]。

　　其二：「絕世奇情／空前好戲／環顧影市／無與其比」、「歡場春夢短／人
間恨事長／十年滄桑劫／一段風流債」[2]。

其三：「聯華有聲對白／至尊無上／光榮巨片／造物主亂點鴛鴦譜，傷心無比！親兄妹誤作鳳凰儔？荒唐絕倫！」[3]。

其四：「春城有幸親芳澤　金屋無人見淚痕」，蓋影片「結構縝密，幕幕動情，戲劇性異常豐富。故事緊湊，步步逼人，刺激性十分強烈」[4]。

圖片說明：《人海遺珠》廣告（《申報》1937年4月9日，第21版，第22961期）。

1936年，繼1935年的《天倫》[註1]之後，高段位的國防電影《浪淘沙》[註2]同樣未能解救公司困境，聯華影業公司元老黎民偉、羅明佑被排擠出董事會，由原股東吳性栽另組華安公司接辦業務[5]P457～458。1937年1月，新「聯華」為凝聚人心，拍攝了中國電影史上第一部「集錦片」，即八個短片的合集《聯華交響曲》，其中有朱石麟編導的《鬼》[註3]。

[註1] 《天倫》（故事片，黑白，配音，刪節版），聯華影業公司1935年出品；編劇：鍾石根；導演：羅明佑；副導演：費穆。我對這部影片的具體意見，祈參閱本書第叁章。

[註2] 《浪淘沙》（故事片，黑白，有聲），聯華影業公司1936年出品；編劇、導演：吳永剛。我對這部影片的具體意見，祈參見拙作：《新浪潮——1930年代中國電影的歷史性閃存——〈浪淘沙〉：電影現代性的高端版本和反主旋律的批判立場》（載《南京藝術學院學報——音樂與表演》2009年第1期），其完全版和未刪節（配圖）版，先後收入拙著《黑白膠片的文化時態——1922～1936年中國早期電影現存文本讀解》（第33章）和《黑布鞋：1936～1937年現存國防電影文本讀解》，敬請參閱。

[註3] 《聯華交響曲》（短片集，黑白，有聲），聯華影業公司1937年出品（《兩毛錢》編劇：蔡楚生；導演：司徒慧敏。《春閨斷夢——無言之劇》編劇、導演：費穆。《陌生人》編劇、導演：譚友六。《三人行》編劇、導演：沈浮。《月夜小景》編劇、導演：賀孟斧。《鬼》編劇、導演：朱石麟。《瘋人狂想曲》導演：孫瑜。《小五義》編劇、導演：蔡楚生）。我對這部影片的具體意見，祈參見拙作：《〈聯華交響曲〉：左翼電影餘緒與國防電影的雙重疊加——1937年全面抗戰爆發之前中國國產電影文本讀解之一》（載《浙江傳媒學院

但這個短片卻是「失敗」之作，因為觀眾覺得「莫名其妙」，朱石麟自己很是委屈，暗自決心要拍讓人「看得懂」的片子；待《人海遺珠》試映，得到肯定的答覆後，作為編導的他才終於釋懷：「好，那我就這樣子交出來了，好不好是另一個問題」[6]。

公司旗下的《聯華畫報》自然要即時為之撐場，稱讚影片的「題材和處理方法，非常超脫，能使一般高級觀眾十分滿意，同時條理明晰，使一般瞭解力稍低的觀眾也能理解接受」[7]。同時，又用廣告的方式對讀者和觀眾劇透了一把：「悲劇的開場／愛情結晶／風流孽債／無父之女」[8]。

《人海遺珠》是講富家子（王子方）和貧家女（朱冰）因愛生下女兒（珠兒）後，男方迫於家庭壓力拋棄母女另娶他人。二十年後，女兒和同父異母的弟弟（王小方）相戀。真相

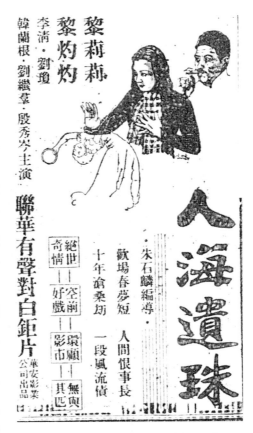

圖片說明：《人海遺珠》廣告（《申報》1937 年 4 月 11 日，第 26 版，第 22963 期）。

大白後，姐弟倆不顧富爸爸的哀求，帶著窮媽媽驅車奔向遠方。廣告可能寫得急了，把王小方和珠兒的關係寫成了兄妹[3]。但這個小失誤（無論有心無心，成心或無意）都不妨礙影片的賣點表達，那就是新一代帥哥靚女幾乎釀成的亂倫之愛。

1960 年代的中國大陸電影史研究，將《人海遺珠》歸入「雖有一些暴露意義然而又是很不深刻的影片」[5]P459 序列，認為「故事情節略似《雷雨》，寫母女兩代的不幸遭遇，多少暴露了一些社會的黑暗，但帶有階級調和的色彩」[5]P482。

學報》2010 年第 2 期），其完全版（配圖）和未刪節（配圖）版，先後收入拙著《黑夜到來之前的中國電影——1937 年現存國產影片文本讀解》《黑馬甲：民國時代的左翼電影——1932～1937 年現存中國電影文本讀解》《黑布鞋：1936～1937 年現存國防電影文本讀解》，敬請參閱。

　　2000 年以後的研究，指稱編導「從學問、思想上來說……屬於儒學一派。所以，在他的創作中，特別關注家庭倫理、世態炎涼，倡導親情、友情、愛情的和睦與美滿，邵夷惡行，勸人向善」，進而指出，他「對中國電影特別是香港電影的發展做出了重要的貢獻」[9]。

圖片說明：《人海遺珠》廣告（《申報》1937 年 4 月 27 日，第 22 版，第 22979 期）。

　　相對而言，認為朱石麟的「逆潮流而動，以家庭的完整性想像國族的復興」[10]，就顯得高屋建瓴。此外，在肯定其早期作品如《慈母曲》《人海遺珠》等具備「對中國文化的深切體悟，繼續探索著中國古典美學的內在意蘊」的同時，指出其「家庭倫理題材和比照興託的情感體驗的敘事框架」，為朱石麟「自己也為 20 世紀五六十年代的香港觀眾尋找靈魂的歸宿，繼續為 20世紀下半葉的中國社會尋找精神與文化之根」[11]。這種論斷，也值得稱許。

　　其他研究者基本上也都捕捉到了影片蘊含的時代信息，譬如：「《人海遺珠》（1937）等影片仍執著於表現傳統倫理以及新舊觀念的對立、舊封建家庭的崩潰等命題，基本上沒有涉及到時代的階級矛盾和民族矛盾」[12]，「在這些作品裏面，朱石麟表現了鮮明的京派知識分子的傳統文化立場」[13]，「新文化運動多年之後，『弒父』的衝動和理想並未成為現實，而又一代父親成了『殺子』文化傳統的可怕幫兇」[14]，「若說朱石麟電影中有一種貫徹始終的核心價值觀，那就是鼓勵新人自立，而後獲得並保持自己的權益與尊嚴」[15]。

　　綜合以往的見解可以發見，以《人海遺珠》為代表的朱石麟早期創作，體現了包括電影在內的 1930 年代中國社會的文化與道德困境，這是一個時代性背景的揭示。另一方面，就是點明了包括「家國一體」在內，以及傳統文化與新文化對立和衝突的核心理念。

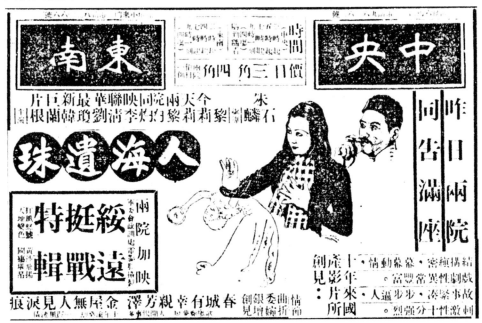

圖片說明：《人海遺珠》廣告（《申報》1937 年 5 月 10 日，第 23 版，第 22991 期）。

　　這些討論都有道理，但在我看來，面對具體的文本，還是有泛化的嫌疑，因為類似解讀幾乎可以適應絕大多數 1949 年前的中國電影。因此，就朱石麟的《人海遺珠》而言，對它的讀解，應該被歸入到 1934 年出現的國粹電影的形態序列中展開，這樣才有意義，才能凸顯其研究價值。

乙、從舊市民電影到國粹電影

1930 年代初期，中國電影已有新、舊之別[16][17]。需要注意的是，1931 年和 1932 年，也就是舊電影的唯一代表形態——舊市民電影，在其晚期已經開始裂變。如果說，1931 年的《一翦梅》〔註 4〕、《桃花泣血記》〔註 5〕、《銀漢雙星》〔註 6〕、《銀幕豔史》〔註 7〕等，還在繼續彰顯、強調舊市民電影的家庭婚姻倫理和傳統道德特徵的話，那麼，同一年的《戀愛與義務》已經開始有所反叛即生發質變，繼而形成並醞釀出新電影的新品質——其中之一，就是國粹電影（我先前稱之為新民族主義電影或曰高度疑似政府主旋律電影）。〔註 8〕

〔註 4〕《一翦梅》（故事片，黑白，無聲），聯華影業公司 1931 年出品；編劇：黃漪磋；導演：卜萬蒼。我對這部影片的具體意見，祈參見拙作：《〈一翦梅〉：趣味大於思想，形式強於內容——1930 年代初期的中國舊市民電影樣本讀解之一》（載《新疆藝術學院學報》2008 年第 4 期），其完全版和未刪節（配圖）版，先後收入拙著《黑白膠片的文化時態——1922～1936 年中國早期電影現存文本讀解》和《黑棉襖：民國文化中的舊市民電影——1922～1931 年現存中國電影文本讀解》，敬請參閱。

〔註 5〕《桃花泣血記》（故事片，黑白，無聲），聯華影業公司 1931 年出品；編劇、導演：卜萬蒼；攝影：黃紹芬。我對這部影片的具體意見，祈參見拙作：《〈桃花泣血記〉：模式的遺存和新信息的些許植入——1930 年代初期的中國舊市民電影樣本讀解之一》（載《浙江傳媒學院學報》2009 年第 3 期），其完全版和未刪節（配圖）版，先後收入拙著《黑白膠片的文化時態——1922～1936 年中國早期電影現存文本讀解》和《黑棉襖：民國文化中的舊市民電影——1922～1931 年現存中國電影文本讀解》，敬請參閱。

〔註 6〕《銀漢雙星》（故事片，黑白，無聲），聯華影業公司 1931 年出品；原著：張恨水；編劇：朱石麟；導演：史東山。我對這部影片的具體意見，祈參見拙作：《20 世紀 30 年代初期中國舊市民電影的傳統症候與新鮮景觀——以聯華影業公司出品的〈銀漢雙星〉為例》（載《浙江傳媒學院學報》2014 年第 5 期），其完全版和未刪節（配圖）版，先後收入拙著《黑白膠片的文化時態——1922～1936 年中國早期電影現存文本讀解》和《黑棉襖：民國文化中的舊市民電影——1922～1931 年現存中國電影文本讀解》，敬請參閱。

〔註 7〕《銀幕豔史》（故事片，黑白，無聲，殘片），明星影片公司 1931 年出品；導演：程步高；說明：鄭正秋。我對這部影片的具體意見，祈參見拙作：《舊市民電影：1930 年代初期行將沒落的中國主流電影特徵——無聲片〈銀幕豔史〉（1931）簡析》（載《杭州師範大學學報》2014 年第 5 期），其未刪節（配圖）版，收入拙著《黑棉襖：民國文化中的舊市民電影——1922～1931 年現存中國電影文本讀解》，敬請參閱。

〔註 8〕《戀愛與義務》（故事片，黑白，無聲），聯華影業公司 1931 年出品；原作：華羅琛夫人；編劇：朱石麟；導演：卜萬蒼。我對這部影片的具體意見，祈參閱本書《前編》。

　　舊市民電影之所以成為 1910～1920 年代中國電影的唯一主流形態，原因之一，是它以舊文化、舊文學為主要取用和依託資源，同時又對同時期的新文化和新文學多有批判與牴觸。換言之，1910～1920 年代的中國新文學和當時的國產電影創作呈現出不對接的情形。所以，舊市民電影的文本資源和從業人員尤其是編導，基本來自於舊文學陣營[18]。譬如，1921～1931 年出品的約 650 部影片，「絕大多數都是由鴛鴦蝴蝶派文人參加製作的，影片的內容也多為鴛鴦蝴蝶派文學的翻版」。[5] P56

　　但到了 1930 年代初期，新文學不僅「成為真正的文學主流」，而且新文學作家（譬如張資平、葉靈鳳等）開始向俗文學靠攏，同時通俗文學大家（譬如張恨水、劉雲若等）又在向新文學和外國文學學習的過程中，「由俗及雅」[19]。最終形成的，是雅、俗互滲的文化態勢和時代症候。

　　具體到當時的國產電影，作為編劇，朱石麟在《銀漢雙星》（1931）當中對自由戀愛持否定態度。而在同樣屬於舊市民電影形態的《戀愛與義務》（1931）當中，他開始強調個人的責任、欲望、權利與時代大潮、家族命運乃至於民族大義的衝突，其態度和提出的問題相當嚴肅。

　　但是，這些問題在新文學當中並不成為問題，即新文化和新文學強烈推崇和主張個人權利，對傳統道德和秩序是站在徹底否定的立場上的。因此，《戀愛與義務》已經與舊市民電影形態拉開了相當的距離，呈現出一種反差性很大的特色。影片結局設定表明，個體權利和道德應該服從於「家國一體」的倫理體系和義務規範。

　　由此出發就會發現，就朱石麟的創作而言，其 1934 年編導的《歸來》，標誌著既不同於舊市民電影，也不同於新電影（左翼電影和新市民電影）的國粹電影形態已然出現。

同樣是強調傳統倫理道德，舊市民電影更多的是止於同質文化的維護，但國粹電影則是對新時代的新主張，譬如對左翼電影激進的社會革命立場、新市民電影注重的都市文化消費理念，不僅均持激烈的反對和否定態度，而且上升至國家與民族命運的高度：《歸來》中的男主人公對愛情的追求已經是種族層面的選擇，他最後回到故國、回歸原配，看上去是將個人與家族的整體利益捆綁起來的考量與抉擇，實際上意味著個人權利、義務在民族層面上的道德性歸位。〔註9〕

其後，1935 年的《國風》〔註10〕《天倫》、1936 年的《慈母曲》等作品，都是對國粹電影形態的全面鞏固和張揚。其中，朱石麟是《國風》的導演（與公司大東家羅明佑聯合導演，應該是實際上的導演；同時，羅明佑和費穆分別擔任《天倫》的正、副導演），同時他還是《慈母曲》的編導（監製和導演是羅明佑）。〔註11〕

這三部影片的特殊之處在於，出品方和編導對倫理道德和文化傳統的強調與秩序整肅之義，和當時國民政府推行的「新生活運動」主旨無縫對接——這是我十幾年前所謂「高度疑似政府主旋律影片或曰新民族主義電影」稱謂及其思路的由來——因為編導對文化理念或者文化立場的理解，與政府的文化政策和執政理念有高度交集或重合之處。

〔註 9〕《歸來》（故事片，黑白，無聲），聯華影業公司 1934 年出品；編導：朱石麟。我對這部影片的具體討論意見，祈參閱本書第壹章。
〔註10〕《國風》（故事片，黑白，無聲），聯華影業公司 1935 年出品；編劇：羅明佑；聯合導演：羅明佑、朱石麟。我對這部影片的具體討論意見，祈參閱本書第貳章。
〔註11〕《慈母曲》（故事片，黑白，有聲），聯華影業公司 1936 年出品；編導：朱石麟；導演：羅明佑。我對這部影片的討論意見尚未公開發表，更多影片相關信息，祈參閱本書第肆章。

丙、國粹電影與左翼電影和新市民電影的關聯

在 1932 年，同樣是新電影，同樣脫胎於舊市民電影的左翼電影，已先於國粹電影出現，其標誌是半成品的、整體形態還屬於舊市民電影的《南國之春》〔註12〕。左翼電影的早期代表作是《野玫瑰》〔註13〕和《火山情血》〔註14〕，強行轉型之作的最新代表證據是《奮鬥》〔註15〕。

〔註12〕《南國之春》（故事片，黑白，無聲），聯華影業公司 1932 年出品；編劇、導演：蔡楚生。我對這部影片的具體討論意見，祈參見拙作：《論舊市民電影〈啼笑因緣〉的老和〈南國之春〉的新》（載《揚子江評論》2007 年第 2 期），其完全版和未刪節（配圖）版，先後收入拙著《黑白膠片的文化時態──1922～1936 年中國早期電影現存文本讀解》和《黑棉襖：民國文化中的舊市民電影──1922～1931 年現存中國電影文本讀解》，敬請參閱。

〔註13〕《野玫瑰》（故事片，黑白，無聲），聯華影業公司 1932 年出品；編劇、導演：孫瑜。我對這部影片的具體意見，祈參見拙作：《〈野玫瑰〉：從舊市民電影向左翼電影的過渡──現存中國早期左翼電影樣本讀解之一》（載《文學評論叢刊》第 11 卷第 1 期，2008 年 11 月，南京，季刊），其完全版和未刪節（配圖）版，先後收入拙著《黑白膠片的文化時態──1922～1936 年中國早期電影現存文本讀解》和《黑馬甲：民國時代的左翼電影──1932～1937 年現存中國電影文本讀解》（臺灣花木蘭文化出版社 2015 年版），敬請參閱。

〔註14〕《火山情血》（故事片，黑白，無聲），聯華影業公司 1932 年出品；編劇、導演：孫瑜。我對這部影片的具體意見，祈參見拙作：《中國早期左翼電影暴力基因的植入及其歷史傳遞──以孫瑜 1932 年編導的〈火山情血〉為例》（載《河北師範大學學報》2009 年第 5 期）、《再談左翼電影的幾個特點及其知識分子審美特徵──二讀〈火山情血〉（1932）》（載《浙江傳媒學院學報》2015 年第 4 期）。前一篇文章的完全版和未刪節（配圖）版，先後收入拙著《黑白膠片的文化時態──1922～1936 年中國早期電影現存文本讀解》和《黑馬甲：民國時代的左翼電影──1932～1937 年現存中國電影文本讀解》，敬請參閱。

〔註15〕《奮鬥》（故事片，黑白，無聲，殘片），聯華影業公司 1932 年出品；編劇、導演：史東山。我對這部影片的具體意見，祈參見拙作：《1930 年代初期中國舊市民電影向左翼電影的轉型過渡──以聯華影業公司 1932 年出品的〈奮

作為最早出現的新電影形態，左翼電影最主要的特徵是階級性、暴力性、宣傳性，其出現是市場的自然選擇[20]。左翼電影在 1933 年形成「高潮」[5] P281，正式躋身主流電影；1936 年被升級換代版的國防電影（運動）取代[21]，到 1937 年 7 月抗戰全面爆發前，餘緒猶存[22][23]。

1934 年正式成型的國粹電影，既同樣脫胎於舊市民電影，又自然會受到同時段其他新電影形態的影響。就 1937 年的《人海遺珠》而言，左翼電影的批判性，尤其是社會階級觀念，多多少少滲入或者體現在影片當中——處於同一時代文化背景當中的電影，無論形態或類型怎麼劃分，走向怎麼樣迥異，相互影響從來是存在的——譬如，面對富家子的追求，女主人公（黎灼灼飾）告誡女兒（黎莉莉飾）說：

> 「珠兒，一個有錢的人對一個年輕的女子，一見面就說要幫助她，那是一種誘惑，你千萬不要上他們的當，他們都沒存著好心呢！」

這種借鑒或教育口吻，實際上在兩年前的國粹電影中就有顯現。譬如《國風》（1935），女主人公張校長對學生從個人到集體、由教育而社會，再到國家、民族層面苦口婆心的世界觀、人生觀乃至婚育觀長篇大論、滔滔不絕的諄諄教導，更不用說影片通篇貫穿的標語口號、集會遊行、動員師生、啟蒙大眾的浩大場面標配。又譬如《天倫》（1935）當中的小羊跪乳鏡頭；連綿不絕的《論語》和《聖經》語錄更是時時點題、處處規訓。所以英文片名乾脆直白相告曰：*SONG OF CHINA*。《慈母曲》（1936）更是多視角的嚴父慈母塑像、「子孝父心寬」的活動影像演繹。

鬥〉為例》（載《浙江傳媒學院學報》2015 年第 1 期），其未刪節（配圖）版，收入拙著《黑馬甲：民國時代的左翼電影——1932～1937 年現存中國電影文本讀解》，敬請參閱。

　　《人海遺珠》對左翼電影元素最明顯的借鑒，是珠兒給母親辦住院手續的鏡頭：刻意地、長時間地停留在病房價目表上，且景別還有變化。這很容易讓人想起《新女性》（1934）中那組社會性的控訴鏡頭：成片空著的病床、藥品滿櫃的藥房，但女主人公因為交不起錢、看不起病，所以只能賣身救子並瀕臨死亡。〔註16〕

　　同樣作為新電影，新市民電影的出現比左翼電影晚一年，但較國粹電影早一年出現，以 1933 年的《姊妹花》為標誌〔註17〕。

　　新市民電影的主要特點，首先，是有條件地抽取、借用左翼電影思想元素（這也是它與舊市民電影最根本的區別，雖然它也同樣脫胎於舊市民電影）。其次，是維護主流價值觀念、對社會現實持保守的批判立場（這與舊市民電影相同但與左翼電影激進的社會革命立場迥異）。再次，由於其生成於電影有聲化時代大潮——直到 1937 年，「有聲對白」依然是國產影片的一個重要賣點——所以新市民電影奉行新技術主義路線，在保留追求視覺奇觀傳統的同時，引進歌舞元素，主張都市文化消費。〔24〕

〔註16〕　《新女性》（故事片，黑白，配音），聯華影業公司 1934 年出品；編劇：孫師
　　　　毅；導演：蔡楚生。我對這部影片的具體意見，祈參見拙作：《變化中的左翼
　　　　電影：左翼理念與舊市民電影結構性元素的新舊組合——以聯華影業公司
　　　　1934 年出品的〈新女性〉為例》（載《中文自學指導》2008 年第 3 期），其完
　　　　全版和未刪節（配圖）版，先後收入拙著《黑白膠片的文化時態——1922～
　　　　1936 年中國早期電影現存文本讀解》和《黑馬甲：民國時代的左翼電影——
　　　　1932～1937 年現存中國電影文本讀解》，敬請參閱。
〔註17〕　《姊妹花》（故事片，黑白，有聲），明星影片公司 1933 年出品；編劇、導演：
　　　　鄭正秋。我對這部影片的具體意見，祈參見拙作：《雅、俗文化互滲背景下的
　　　　〈姊妹花〉》（載《當代電影》2008 年第 5 期），其完全版和未刪節（配圖）
　　　　版，先後收入拙著《黑白膠片的文化時態——1922～1936 年中國早期電影現
　　　　存文本讀解》和《黑皮鞋：抗戰爆發前的新市民電影——1933～1937 年現存
　　　　中國電影文本讀解》，敬請參閱。

　　因此，自 1933 年出現至 1937 年 7 月抗戰全面爆發，新市民電影一路高歌猛進，或以配樂烘托主題，如《脂粉市場》（1933）〔註18〕、《女兒經》（1934）〔註19〕；或以臺詞取勝，如《姊妹花》（1933）、《新舊上海》（1936）〔註20〕；或以插曲或主題歌見長、史上留名（其中還包括中國第一部音樂喜劇片），如《漁光曲》（1934）〔註21〕、《都市風光》（1935）〔註22〕、《船家女》（1935）〔註23〕、

〔註18〕《脂粉市場》（故事片，黑白，有聲），明星影片公司 1933 年出品；編劇：丁謙平【夏衍】；導演：張石川。我對這部影片的具體意見，祈參見拙作：《〈脂粉市場〉（1933 年）：謝絕深度，保持平面──1930 年代中國新市民電影讀解之一》（《長江師範學院學報》2008 年第 5 期），其完全版和未刪節（配圖）版，先後收入拙著《黑白膠片的文化時態──1922～1936 年中國早期電影現存文本讀解》和《黑皮鞋：抗戰爆發前的新市民電影──1933～1937 年現存中國電影文本讀解》，敬請參閱。

〔註19〕《女兒經》（故事片，黑白，有聲），明星影片公司 1934 年出品；編劇：編劇委員會；導演：李萍倩、程步高、姚蘇鳳、吳村、陳鏗然、沈西苓、徐欣夫、鄭正秋、張石川。我對這部影片的具體意見，祈參見拙著《黑白膠片的文化時態──1922～1936 年中國早期電影現存文本讀解》之第 25 章，其未刪節（配圖）版，收入拙著《黑皮鞋：抗戰爆發前的新市民電影──1933～1937 年現存中國電影文本讀解》，敬請參閱。

〔註20〕《新舊上海》（故事片，黑白，有聲），明星影片公司 1936 年出品；編劇：洪深；導演：程步高。我對這部影片的具體意見，祈參見拙作：《1936 年：有聲片〈新舊上海〉讀解──中國左翼電影轉型、分流後現存唯一的新市民電影》（《汕頭大學學報》2008 年第 2 期），其完全版和未刪節（配圖）版，先後收入拙著《黑白膠片的文化時態──1922～1936 年中國早期電影現存文本讀解》和《黑皮鞋：抗戰爆發前的新市民電影──1933～1937 年現存中國電影文本讀解》，敬請參閱。

〔註21〕《漁光曲》（故事片，黑白，配音，殘片），聯華影業公司 1934 年出品；編劇、導演：蔡楚生。我對這部影片的最新討論意見，祈參見拙作：《新市民電影：超階級的人性觀照和新電影視聽模式的構建──配音片〈漁光曲〉（1934 年）再讀解》（載《電影評介》2016 年第 18 期）。

〔註22〕《都市風光》（故事片，黑白，有聲），電通影片公司 1935 年出品；編劇、導演：袁牧之。我對這部影片的部分具體意見，祈參見拙作：《1933～1935 年：從左翼電影到新市民電影──用 5 部影片單線論證中國國產電影之演變軌跡（下）》（載《浙江傳媒學院學報》2009 年第 6 期），其完全版和未刪節（配圖）版，先後收入拙著《黑白膠片的文化時態──1922～1936 年中國早期電影現存文本讀解》和《黑皮鞋：抗戰爆發前的新市民電影──1933～1937 年現存中國電影文本讀解》，敬請參閱。

〔註23〕《船家女》（故事片，黑白，有聲），明星影業公司 1935 年出品；編劇、導演：沈西苓。我對這部影片的具體意見，祈參見拙作：《新市民電影：左翼電影的高級模仿秀──明星影片公司 1935 年出品的〈船家女〉讀解》（載《江漢大學學報》2009 年第 1 期），其完全版和未刪節（配圖）版，先後收入拙著《黑

《壓歲錢》（1937）〔註 24〕、《十字街頭》（1937）〔註 25〕、《馬路天使》（1937）
〔註 26〕、《夜半歌聲》（1937）〔註 27〕、《如此繁華》（1937）〔註 28〕、《王老

　　　　　白膠片的文化時態——1922～1936 年中國早期電影現存文本讀解》和《黑皮
　　　　　鞋：抗戰爆發前的新市民電影——1933～1937 年現存中國電影文本讀解》，
　　　　　敬請參閱。

〔註 24〕《壓歲錢》（故事片，黑白，有聲），明星影片公司 1937 年出品；編劇：洪深
　　　　　【夏衍】；導演：張石川。我對這部影片的具體意見，祈參見拙作：《新市民
　　　　　電影〈壓歲錢〉：中國早期電影中的賀歲片》（載《浙江傳媒學院學報》2010
　　　　　年第 4 期）、《新市民電影的世俗精神及其對意識形態的市場化規避——以
　　　　　1937 年的賀歲片〈壓歲錢〉為例》（載《河北師範大學學報》2011 年第 2 期），
　　　　　兩篇文章的完全版（配圖）和未刪節（配圖）版，先後收入拙著《黑夜到來
　　　　　之前的中國電影——1937 年現存國產影片文本讀解》和《黑皮鞋：抗戰爆發
　　　　　前的新市民電影——1933～1937 年現存中國電影文本讀解》，敬請參閱。

〔註 25〕《十字街頭》（故事片，黑白，有聲），明星影片公司 1937 年出品；編導：沈
　　　　　西苓。我對這部影片的具體意見，祈參見拙作：《〈十字街頭〉：1930 年代國
　　　　　產電影中的「蟻族」生活寫照與喜劇化處理》（載《浙江傳媒學院學報》2010
　　　　　年第 6 期），其完全版（配圖）和未刪節（配圖）版，先後收入拙著《黑夜到
　　　　　來之前的中國電影——1937 年現存國產影片文本讀解》和《黑皮鞋：抗戰爆
　　　　　發前的新市民電影——1933～1937 年現存中國電影文本讀解》，敬請參閱。

〔註 26〕《馬路天使》（故事片，黑白，有聲），明星影片公司 1937 年出品；編劇、導
　　　　　演：袁牧之。我對這部影片的具體意見，祈參見拙作：《〈馬路天使〉：新市民
　　　　　電影的經典之作——基於左翼電影和國防電影背景的審視》（載《汕頭大學學
　　　　　報》2011 年第 1 期）、《1937 年國產電影音樂配置與傳播效果的世俗影響》
　　　　　（載《中國音樂》2011 年第 3 期），兩篇文章的完全版（配圖）和未刪節（配
　　　　　圖）版，先後收入拙著《黑夜到來之前的中國電影——1937 年現存國產影片
　　　　　文本讀解》和《黑皮鞋：抗戰爆發前的新市民電影——1933～1937 年現存中
　　　　　國電影文本讀解》，敬請參閱。

〔註 27〕《夜半歌聲》（故事片，黑白，有聲），新華影業公司 1937 年出品；編劇、導
　　　　　演：馬徐維邦。我對這部影片的具體意見，祈參見拙作：《〈夜半歌聲〉：驚悚
　　　　　元素與市民審美的再度狂歡——1937 年新市民電影在國防電影運動背景下
　　　　　的新發展》（載《浙江傳媒學院學報》2010 年第 5 期），其完全版（配圖）和
　　　　　未刪節（配圖）版，先後收入拙著《黑夜到來之前的中國電影——1937 年現
　　　　　存國產影片文本讀解》和《黑皮鞋：抗戰爆發前的新市民電影——1933～1937
　　　　　年現存中國電影文本讀解》，敬請參閱。

〔註 28〕《如此繁華》（故事片，黑白，有聲），聯華影業公司 1937 年出品；編劇、導
　　　　　演：歐陽予倩。我對這部影片的具體意見，祈參見拙作：《〈如此繁華〉的世
　　　　　俗品位與藝術趣味——1937 年抗戰全面爆發前的新市民電影》（載《浙江傳
　　　　　媒學院學報》2011 年第 3 期）、《新市民電影〈如此繁華〉的世俗性、時尚性
　　　　　與趣味性——1937 年抗戰全面爆發前的國產電影》（載《當代電影》2011 年
　　　　　第 4 期），以上兩文合成後的完全版（配圖）和未刪節（配圖）版，先後收入
　　　　　拙著《黑夜到來之前的中國電影——1937 年現存國產影片文本讀解》和《黑

五》（1937）〔註29〕等。

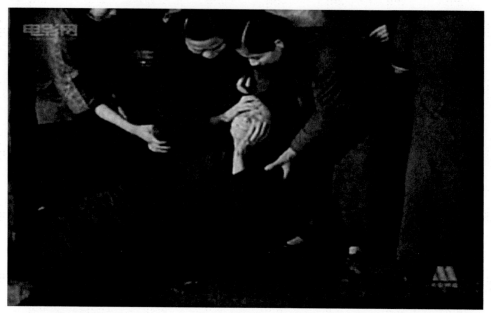

　　反觀國粹電影，除 1934 年的《歸來》（編導：朱石麟）和 1935 年的《國風》（聯合導演：朱石麟）均為默片無從說起外，1935 年的配音片《天倫》（導演：羅明佑；副導演：費穆）和 1936 年的有聲片《慈母曲》（編導：朱石麟）均為國樂配器（前者自始至終用的是廣東地方音樂）。1937 年的有聲片《前臺與後臺》（編劇：費穆），音樂基本是京劇片段連綴；《好女兒》（原名《新舊時代》，編導：朱石麟）的雖然配樂極少，用的卻是小提琴〔註30〕。

　　　　皮鞋：抗戰爆發前的新市民電影──1933～1937 年現存中國電影文本讀解》，
　　　　敬請參閱。

〔註29〕《王老五》（故事片，黑白，有聲），聯華影業公司 1937 年出品；編劇、導演：
　　　　蔡楚生。我對這部影片的具體意見，祈參見拙作：《藍蘋主演的〈王老五〉是
　　　　一部什麼性質的影片──管窺 1937 年全面抗戰爆發前後的國產電影》（載《學
　　　　術界》2011 年第 8 期）、《〈王老五〉的新技術主義製片路線及其藝術特徵─
　　　　─1937 年全面抗戰爆發前後的新市民電影實證》（載《浙江傳媒學院學報》
　　　　2011 年第 5 期），以上兩文合成後的完全版（配圖）和未刪節（配圖）版，
　　　　先後收入拙著《黑夜到來之前的中國電影──1937 年現存國產影片文本讀
　　　　解》和《黑皮鞋：抗戰爆發前的新市民電影──1933～1937 年現存中國電影
　　　　文本讀解》，敬請參閱。

〔註30〕《前臺與後臺》（短故事片，黑白，有聲），聯華影業公司 1937 年出品；編
　　　　劇：費穆；導演：周翼華；我對這部影片的具體討論意見，祈參閱本書第陸
　　　　章。

　　這種特色當然與國粹電影強調「理」、輕視「趣」的思想主旨有關，所以大多沉悶有加，但《人海遺珠》卻是例外。

　　影片安排珠兒去做舞女，這顯然是雙重考量。一方面是主題思想上嚴厲的道德批判體現：做母親的不守婦道，所以最終不僅自己被人遺棄，女兒也要淪為舞女；另一方面就是技術上的考量：影片有長達 7 分鐘的舞場戲份，近 3 分鐘的獨舞表演鏡頭（其中凸顯燈光透視效果），且全程配以西洋樂器的演奏。

　　如此這般，正是受新市民電影影響，或者對其有所借鑒的證據——這就不難解釋，為什麼這一年，朱石麟能夠編導屬於新市民電影形態的《電影城》（《藝海風光》之一，1937）為新東家撐場。〔註31〕

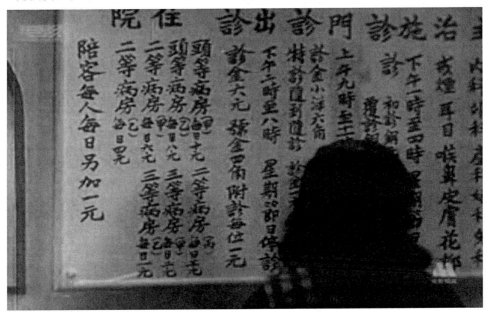

丁、《人海遺珠》中母親和女兒形象的道德擔當

　　《人海遺珠》的國粹電影特徵，其主題思想的重點之一，是通過人物形

〔註31〕《藝海風光》（短故事片合集，黑白，有聲），華安影業股份有限公司（「聯華」）
1937 年出品（《電影城》編導：朱石麟；《話劇團》編導：賀孟斧；《歌舞班》
編劇：蔡楚生；導演：司徒慧敏）。我對這部影片的具體意見，祈參見拙作：
《抗戰全面爆發前夕中國電影的生態面貌管窺——以 1937 年的〈藝海風光〉
為例》（載《汕頭大學學報》2016 年第 4 期），其未刪節（配圖）版，收入拙
著《黑皮鞋：抗戰爆發前的新市民電影——1933～1937 現存中國電影文本
讀解》，敬請參閱。

象的道德擔當與塑造完成的。這裡之所以只選取母親和女兒，並與其他同一形態的影片連帶展開討論，是因為這兩類人物形象在國粹電影中別有寓意。

子、母親形象

《人海遺珠》中的母親朱冰，年輕時與少爺王子方自由戀愛，這看上去帶有新文學中反抗傳統文化和家庭倫理束縛的新人物形象色彩。但其實，這是舊市民電影中常見的美貌貧家女愛上富家子的模式套用——《桃花泣血記》（1931）講的就是類似故事。《人海遺珠》中的少爺迫於家庭壓力拋棄朱冰另娶後，母親／被拋棄的女人不得不走向一條自立自強的道路，即便是因為工傷瞎了眼睛後依然辛勤勞作，養活自己和女兒——這一點，又基本是《戀愛與義務》（1931）後半段女主人公形象的翻版。

　　《人海遺珠》和《戀愛與義務》中兩位母親的形象，都具有年輕時勇敢追求愛情、被拋棄後以自強自立的方式維護女性尊嚴的道德意味。但稍加分析就會發現，後者不無懺悔和贖罪的意味（這與舊市民電影《一串珍珠》（1925）中年輕母親的形象如出一轍），前者則幾乎沒有——巧的是，三位女性後來的工作都是當個體裁縫，靠給人縫製衣服過活——夜以繼日地用汗水潔淨自己的靈魂〔註32〕。

〔註32〕《一串珍珠》（根據法國莫泊桑的小說《項鍊》改編，故事片，黑白，無聲），
　　　　長城畫片公司1925年出品；編劇：侯曜；導演：李澤源。我對這部影片的具
　　　　體意見，祈參見拙作：《外來文化資源被本土思想格式化的體現——〈一串珍

　　區別在於，《一串珍珠》中的母親，是為自己「好虛榮」而拖垮了家庭贖罪，《戀愛與義務》中的母親，同樣也是侷限於女性個體和家庭，不過是個人道德範疇內的罪錯。但《人海遺珠》和《歸來》──還有《國風》《天倫》《慈母曲》──中的母親，她們要糾錯和著眼的層面與境界更高、更大，要擔負的責任與義務更艱巨，道德負擔也更為沉重──因為，國家和民族始終是人物思想和行為意識的落腳點。而這，就是國粹電影文化精神主旨。

　　橫向對比左翼電影中的母親形象就會發現，她們固然也著眼家庭、兒女，但與此相關的，或者說，籍此展開的，是把目光和精神投射在由階級性主導的對社會現實的批判，乃至國家和民族的警醒──1933 年的《小玩意》〔註 33〕和《母性之光》〔註 34〕，1934 年的《神女》〔註 35〕，就是如此。

　　　　珠〉（1925 年）：舊市民電影及其個案剖析之一》（載《上海文化》2007 年第
　　　　5 期），其完全版和未刪節（配圖）版，先後收入拙著《黑白膠片的文化時態
　　　　──1922～1936 年中國早期電影現存文本讀解》和《黑棉襖：民國文化中的
　　　　舊市民電影──1922～1931 年現存中國電影文本讀解》，敬請參閱。
〔註 33〕《小玩意》（故事片，黑白，無聲），聯華影業公司 1933 年出品；編劇、導演：
　　　　孫瑜。我對這部影片的具體意見，祈參見拙作：《民族主義立場的激進表達和
　　　　藝術的超常發揮──對聯華影業公司 1933 年出品的〈小玩意〉的當下讀解》
　　　　（載《汕頭大學學報》2008 年第 5 期）、《舊市民電影形態與左翼電影的新主
　　　　題──再讀〈小玩意〉（1933）》（載《學術界》2018 年第 5 期，中國人民大
　　　　學書報資料中心《複印報刊資料》2018 年第 8 期《影視藝術》全文轉載），
　　　　前一篇文章的完全版和未刪節（配圖）版，先後收入拙著《黑白膠片的文化
　　　　時態──1922～1936 年中國早期電影現存文本讀解》和《黑馬甲：民國時代
　　　　的左翼電影──1932～1937 年現存中國電影文本讀解》，敬請參閱。
〔註 34〕《母性之光》（故事片，黑白，無聲），聯華影業公司 1933 年出品；原作：田
　　　　漢；編劇、導演：卜萬蒼。我對這部影片的具體意見，祈參見拙作：《20 世紀
　　　　30 年代中國電影市場和商業製作模式制約下的左翼電影──以〈母性之光〉
　　　　為例》（載《杭州師範大學學報》2008 年第 4 期）、《左翼電影的階級性及其倫
　　　　理模式──〈母性之光〉（1933）再讀解》（載《汕頭大學學報》2019 年第 2 期，
　　　　中國人民大學書報資料中心《複印報刊資料》2019 年第 8 期《影視藝術》全文
　　　　轉載），前一篇文章的完全版和未刪節（配圖）版，先後收入拙著《黑白膠片
　　　　的文化時態──1922～1936 年中國早期電影現存文本讀解》和《黑棉襖：民國
　　　　文化中的舊市民電影──1922～1931 年現存中國電影文本讀解》，敬請參閱。
〔註 35〕《神女》（故事片，黑白，無聲），聯華影業公司 1934 年出品；編劇、導演：
　　　　吳永剛。我對這部影片的具體意見，祈參見拙作：《城市意識與左翼電影視角
　　　　中的性工作者形象──1934 年無聲影片〈神女〉的當下讀解》（載《上海文
　　　　化》2008 年第 5 期），其完全版和未刪節（配圖）版，先後收入拙著《黑白
　　　　膠片的文化時態──1922～1936 年中國早期電影現存文本讀解》和《黑馬甲：
　　　　民國時代的左翼電影──1932～1937 年現存中國電影文本讀解》，敬請參閱。

再看同一時期的新市民電影，其母親形象的道德擔當與倫理意味，如 1933 年的《脂粉市場》和《姊妹花》，1934 年的《女兒經》和《漁光曲》，1935 年《都市風光》和 1937 年的《王老五》，其境界均與舊市民電影相當，即同樣是侷限於女性個體和家庭範疇──顯然，新市民電影在這方面，與左翼電影和國粹電影都不在一個境界和層次上。

丑、女兒形象

在 1931 年的《戀愛與義務》（朱石麟編劇）中，母親拋棄丈夫和兒女，與年輕時的戀人私奔同居並生下女兒平兒。平兒長大成人後，愛上了同父異母哥哥的同學兼好友。羞愧不已的母親擔心自己的醜聞影響孩子們的前程，遂寫信請求前夫撫養平兒，然後投河自殺。前夫不計前嫌，收養了平兒並視同己出。作為編導，六年後，朱石麟在《人海遺珠》中直接安排女主人公的女兒珠兒愛上同父異母的弟弟，在知道他們有血緣關係後，姐弟倆毅然帶著母親驅車離開了親生父親的宅邸。

《戀愛與義務》的結局帶有鮮明的時代性特徵，即舊市民電影在家庭婚姻倫理層面的道德限定：讓犯了過錯又無法改正的母親死去，以救護無過錯的女兒得到／恢復其應有的社會地位。但到了《人海遺珠》，這種結局不復出現。女兒不僅幾乎陷於亂倫悲劇，而且自己也淪為舞女，這意味著女兒承接了母親的社會底層屬性──國粹電影中，對背離傳統文化道德和脫離倫理秩序的叛逆女性給予的否定比舊市民電影更嚴厲，這種嚴厲事實上針對的是當時已成主流的新文化和新文學的婚戀理念。

回溯 1934～1937 年間的國粹電影就會發現，對女兒形象的重視是一條貫穿的線索。譬如，身為異族的女兒，《歸來》中的黛娜主動退出，象徵著對漢族女性地位的尊重。《國風》中的大女兒對妹妹的教導以及妹妹能夠改過自新、投身教育事業，意味著優秀母親的道德楷模形象傳承有人。《天倫》

中的女兒受到神的感召，最終跟隨丈夫回歸故里侍奉雙親。《慈母曲》中的
兩個女兒，最後是在三哥的感化下開始孝順母親。最有意思的是《前臺與後
臺》，能在關鍵時刻救場挑大梁的，是女兒。所以，朱石麟編導的這部原名
為《新舊時代》的影片，因為塑造了一個可以代表新時代的女兒形象，乾脆
改名叫《好女兒》。

　　在《脂粉市場》《姊妹花》《女兒經》《漁光曲》《都市風光》《船家女》《如
此繁華》《王老五》等新市民電影中，女兒形象基本與舊市民電影當中的女兒
形象一樣，無論正面反面，基本都侷限於家庭或職場等小環境中，其社會責
任的擔當，不僅遠遠小於左翼電影譬如《小玩意》《母性之光》，國防電影《狼
山喋血記》〔註 36〕、《壯志凌雲》〔註 37〕、《青年進行曲》〔註 38〕、《春到人

〔註 36〕　《狼山喋血記》（故事片，黑白，有聲），聯華影業公司 1936 年出品；原著：
　　　　　沈浮、費穆；編劇、導演：費穆。我對這部影片的具體意見，祈參見拙作：
　　　　　《國防電影與左翼電影的內在承接關係——以 1936 年聯華影業公司出品的
　　　　　〈狼山喋血記〉為例》（載《佛山科技學院學報》2008 年第 2 期），其完全版
　　　　　和未刪節（配圖）版，先後收入拙著《黑白膠片的文化時態——1922～1936
　　　　　年中國早期電影現存文本讀解》和《黑布鞋：1936～1937 年現存國防電影文
　　　　　本讀解》，敬請參閱。
〔註 37〕　《壯志凌雲》（故事片，黑白，有聲），新華影業公司 1936 年出品；編劇、導
　　　　　演：吳永剛。我對這部影片的具體意見，祈參見拙作：《電影市場對左翼電影
　　　　　類型轉換及其品質提升的作用——以〈壯志凌雲〉為例》（載《南京師範大學
　　　　　文學院學報》2009 年第 2 期），其完全版和未刪節（配圖）版，先後收入拙
　　　　　著《黑白膠片的文化時態——1922～1936 年中國早期電影現存文本讀解》和
　　　　　《黑布鞋：1936～1937 年現存國防電影文本讀解》，敬請參閱。
〔註 38〕　《青年進行曲》（故事片，黑白，有聲），新華影業公司 1937 年出品；編劇：
　　　　　田漢；導演：史東山。我對這部影片的具體意見，祈參見拙作：《左翼電影、
　　　　　國防電影與新中國電影的血緣淵源——以 1937 年新華影業公司出品的〈青
　　　　　年進行曲〉為例》（載《杭州師範大學學報》2011 年第 4 期）、《新電影的誕
　　　　　生是時代精神和市場需求的產物——以 1937 年新華影業公司出品的〈青年
　　　　　進行曲〉為例》（載《北京電影學院學報》2011 年第 3 期），以上兩文合成後

間》〔註39〕等片中那些為階級、為社會、為國家、為民族，敢於奮鬥、犧牲的女兒們，更是幾乎沒有國粹電影中女兒形象擔負的道德重任和民族道義。

戊、結語

《人海遺珠》中父親的形象亦值得一提，因為這個形象可以追溯到朱石麟六年前自己編劇的《戀愛與義務》。後者中的父親因年輕時經常與紅顏知己幽會，這是造成妻子即女主人公與人私奔的原因之一，但更重要的是籍此批判追求個人權利的越界與失職行為。這種批判當然侷限在舊市民電影傳統的道德範疇之內，所以他後來不僅沒有再娶，獨自撫育一雙兒女長大成人，而且慷慨大度地收養了前妻的女兒，成為一個道德上的完人。

左翼電影、國防電影、國粹電影，雖然主張、重點和指向各有不同，但都在民族和國家層面上、道德倫理上有所擔當並彰顯其責任。相形之下，舊市民電影和新市民電影就很難與之比肩。以《人海遺珠》為出發點就會發現，人物形象的道德責任，在朱石麟以前和其他的電影當中都有相似的痕跡，所以看上去都很熟悉。試看其投身電影界後，至全面抗戰爆發前參與的所有作品名單。

的完全版（配圖）和未刪節（配圖）版，先後收入拙著《黑夜到來之前的中國電影──1937年現存國產影片文本讀解》和《黑布鞋：1936～1937年現存國防電影文本讀解》，敬請參閱。

〔註39〕《春到人間》（故事片，黑白，有聲），（「聯華」）華安影業股份有限公司1937年出品；編劇、導演：孫瑜。我對這部影片的具體意見，祈參見拙作：《〈春到人間〉：從左翼電影向國防電影的強行轉化──辨析孫瑜在1937年為中國電影所做的歷史貢獻》（載《當代電影》2012年第2期），其完全版和未刪節（配圖）版，先後收入拙著《黑夜到來之前的中國電影──1937年現存國產影片文本讀解》和《黑布鞋：1936～1937年現存國防電影文本讀解》，敬請參閱。

　　1930 年：《故都春夢》（編劇）《自殺合同》（導演）；1931 年：《銀星幸運》
（編劇）《戀愛與義務》（編劇）《恒娘》（編劇）《玉堂春》（編劇）《銀漢雙星》
（編劇）；1932 年：《續故都春夢》（編劇）；1933 年：《如此英雄》（編劇）；
1934 年：《歸來》（編劇）《良宵》（編劇）《青春》（編導）；1935 年：《國風》
（導演）《徵婚》（編導）；1936 年：《孤城烈女》（編劇）《慈母曲》（編導）；
1937 年：《聯華交響曲·鬼》（編導）《人海遺珠》（編導）《好女兒》（編導）
《藝海風光·電影城》（編導）。[5] P603~614

　　朱石麟的創作的特殊性在於，其個人的創作既經歷了 1930 年代國片復興
的黃金時期，也貫穿了 1937 年抗戰爆發後上海「孤島」時期乃至淪陷期的整
體創作。更重要的是，朱石麟在抗戰結束後的 1946 年去香港之後，一直到他
去世，始終在香港電影的創作當中扮演了非常重要的角色。而香港電影的一
個核心就是「民族主義」價值觀念的體現。這種民族主義價值觀念的體現在
今天兩岸三地所謂華語電影的大格局下，尤其是在傳統文化面對經濟復興需
要全面提振、復興的情況下，有著更為特殊的意義。

　　《人海遺珠》是 1930 年代國粹電影的一個代表，所體現的既是家國一體
的核心價值觀念，也是在新時代對傳統倫理道德的重新定位。是朱石麟，也
是國粹電影在創作理念的進一步豐滿，是在新時代對傳統倫理道德做出的持
續闡釋，更是國粹電影文化主張的新標識。它起始於 1931 年的《戀愛與義

務》，完成於 1934 年的《歸來》，成熟於 1935 年的《國風》《天倫》、1936 年的《慈母曲》，並與《前臺與後臺》《人海遺珠》和《好女兒》（《新舊時代》）一起，為 1937 年抗戰全面爆發前中國電影的多元形態畫上一個圓滿的句號。

中國早期電影拷貝，除了劇本或劇照，大多都淪落在歷史深處無從得見，幸存的一小部分，幾十年來也被封存在大陸官方的電影資料館中，包括專業研究者在內的民眾無從得見。譬如，中國電影藝術研究中心專業人士公開表示：「現在我們能夠看到的 1949 年以前的中國電影只有二百多部。⋯⋯中國電影資料館現存的 1949 年前的中國電影應該在 380～390 部左右。也就是說，加上殘缺不全的和不能放映的，至少還有 100 部以上的電影可以挖掘」[25]。所以，有研究者一再呼籲：「資料開放，資源共享！」[26]

己、多餘的話

子、相同的行為意識循環

年輕時，王子方與朱冰戀愛同居並生下女兒，後來又在父親的壓力和逼迫下將母女倆拋棄，迎娶了門當戶對的女子。等他自己成為父親之後，又將自己當年受到的壓力和逼迫原封不動地轉移到兒子王小方身上，因為兒子和他當年一樣愛上一個門不當戶不對的底層女性。影片裏有一句臺詞是：

「你是我的兒子，我是你的父親」。

這種循環，並不是國粹電影對 1920 年代的舊市民電影在道德層面簡單的指認和複製，而應該理解為，在新的時代，在新文化和新文學思潮成為主流文化和精英意識的時候，國粹電影在傳統的倫理道德領域面臨考驗和反省之後做出的抉擇。以《人海遺珠》為出發點就會發現，這種人物形象的道德擔當和由此生發的道德暴力，在朱石麟以前和之後的電影當中都有類似的痕跡，是一脈相承的。

丑、純粹的新民族主義品質

1937 年 7 月抗戰全面爆發後，朱石麟先後進入「中聯」（「中華聯合製片股份有限公司」，1942.5～1943.4.30——引者注）和「華影」（「中華電影聯合股份有限公司」，1943.5～1945.8——引者注），代表作品是《香妃》《賽金花》《孟麗君》《肉》《洞房花燭夜》《人約黃昏後》；1946 年去了香港，代表作品是《同病不相憐》《各有千秋》《春之夢》《玉人何處》《第三代》，1954 年進入「鳳凰」以後導演了《闔第光臨》《一年之計》《新婚第一夜》《新寡》《搶新郎》《雷雨》《三鳳求凰》《故園春夢》《碧血丹心》等 20 多部影片；而他之所以在 1967 年去世，據說是因為大陸這邊批判《清宮秘史》受到刺激，得了腦溢血。[27]

在朱石麟的電影創作中，極其鮮明的民族性始終貫穿始終。我先前之所以把國粹電影稱之為新民族主義電影，是因為在 1949 年之後的兩岸三地，大陸這邊的民族主義，至少就電影創作這一領域，在至少三十年的時間內，更多地被黨派政治和意識形態李代桃僵，甚至呈現出偽民族主義的面目。海峽彼岸的民族主義被屏蔽的時間相對較短，程度相對較淺。

因此，朱石麟電影創作的特殊性在於，他的創作歷程既經歷了 1930 年代「國片復興」的洗禮，又貫穿了 1937 年抗戰全面爆發後的上海「孤島時期」直至 1945 年的淪陷期。更重要的是，在抗戰結束後的 1946 年，直至去世，

朱石麟始終在香港電影的創作當中發揮著非常重要的作用。而香港電影的一個核心就是民族主義價值觀念的體現。這種民族主義價值觀念的體現在今天兩岸三地所謂華語電影的大格局下，在傳統文化需要進一步面對經濟復興而迫切需要全面復興的情況下，有著更為積極、更為特殊的意義。

　　1930年代的民族文化復興，就電影領域而言，最初是以左翼電影起頭的（1932年），國粹電影緊追其後（1934年），各有主張。但是很快，左翼電影落潮而國防電影興起（1936年）。民族文化的復興本來是中國社會發展的大勢所趨，但不幸的是，日本全面侵華戰爭打斷了中國現代化進程的同時，也打斷了中國的民族文化復興進程。緊接著，抗戰勝利之後的內戰進一步加劇了這種遲滯甚至斷裂，所以現在才有了2000年以後「兩岸三地華語電影」概念的提出。如果仔細分析一下就會發現，香港電影和臺灣電影體現出的民族主義、文化傳統及其復興始終遠超內地。作為內地的根，反倒是斷了。

　　這使我想起一句話：中華文化，孤懸海外。還有一句前些年很多人感慨的話，大意是說，想要看500年前的中華文化，去日本；想看100年前的，去韓國；想看50年前的，去臺灣；20年前的，去香港；想看現在的，留在這裡就可以了。所以《人海遺珠》的當下讀解意義在這裡就顯得尤為重要。譬如女主人公叫「朱冰」，但雖然玉潔冰清，卻紅顏薄命；生了個孩子本來是明珠（珠兒），但是如果不能夠找到正確的途徑，她就會「明珠投暗」。

寅、電影語言的道德化審美

　　《人海遺珠》體現出電影語言的道德化審美回歸。我對這個片子的直觀感受，就現存的、公眾可以看到的影片而言，首先讓我想到了《啼笑因緣》（1932）〔註40〕。因為《人海遺珠》的鏡頭，包括節奏，是和影片主題的道

〔註40〕《啼笑因緣》（第1～6集，故事片，黑白，有聲），明星影片公司1932年出品；編劇：嚴獨鶴；導演：張石川；攝影：董克毅、王士珍、威廉生；主演：

德性回歸直接呼應的。譬如它的空鏡、取景、構圖都極其講究，而這種講究我認為並不僅僅是藝術創作上的要求，而是跟主題有著內在的關聯。長久的停頓，人物的站位，對於灰牆、院落、門庭等有意識的描繪，還有傳統生活環境和所謂的歌舞廳為代表的現代化生活環境的對立和衝突，在畫面上就構成了矛盾關係。

在鏡頭的銜接上面，這種講究也很有深意。有兩個例子。一個是，王子方回到家後把他的禮帽摘下來掛到衣帽鉤上，下一個鏡頭接的就是朱冰從衣帽鉤上取下孩子的帽子。這種鏡頭銜接顯然是為它的主題思想服務的，意味著母女倆對王子方人身依附的脫離。另一個是兩個門的鏡頭組合：王子方結婚的時候和新娘從門外走進來，下一個鏡頭接的是被拋棄後的朱冰走進工廠的大門去做工，意味著昔日的戀人各自回歸自己的世界。類似例子在影片當中所在多見，但我對這兩個例子的感受非常強烈：視聽語言在朱石麟這裡是道德展示的一種說明和外延。

其實最有意思的，是整個故事的線性結構可以視為對主題的形象化說明。譬如朱冰當初跟王子方戀愛的時候用了一個閃回，兩人私定終身後花園，桃花爛漫之中，兩個人坐在樹下卿卿我我，討論的是如何衝破家庭束縛、追求自由戀愛的幸福生活。爾後再出現的朱冰，就是一個少婦的形象。從少女到少婦，少女的形象只是一個閃回，但這個線性描述是非常清晰的；再之後黎灼灼飾演的形象，與其說是慈母形象（譬如她哄女兒上床睡覺這一場戲），不如說已經是怨婦形象。

仔細琢磨這場戲，之所以會有如此感受，是因為我想起一句毛骨悚然的話：貧窮會磨掉人身上最善良的某些東西。許多出身底層的人其實是並沒有過於執著的道德理念，因為對他們來說，面子和道德並不是最重要的，最重

胡蝶、王獻齋、夏佩珍、龔稼農、肖英、鄭小秋、嚴月嫻。我對這部影片的讀解意見尚未公開發表，敬請關注。

要的是生存。什麼人最看重道德理念？是溫飽有所保障的人，即所謂「倉廩實而知榮辱」。過去「為富不仁」這個詞，是一種極為嚴厲的道德裁決。前提是什麼？富而知理，貧而無恥。「君子固窮，小人窮斯濫矣」。

但這個怨婦形象，在朱冰因工傷失明後被消融了，又轉換成了一個道德上被批判和譴責的不守婦道的形象。之後的戲很長，高潮一直沒到，為什麼沒到？就是要安排她最後見到前夫。這場相見的戲，道德批判和道德譴責既是指向王子方也指向朱冰，同時又是對新一代（王小方和珠兒）的一種警醒。這種警醒在《人海遺珠》當中是非常嚴厲的，因為它將珠兒和王小方姐弟推到了一個中國倫理道德底線的邊緣，再下一步就是亂倫。也就是說，這個橋段改編自《雷雨》的說辭是沒有錯的，但是我認為這裡的情節設置並不僅僅是一種借用或者改編，而是對傳統倫理和文化道德遭到破壞發出的嚴厲警告。

卯、演員與人物的命名

《人海遺珠》還有一個有意思的現象，就是演員姓名和人物姓名不搭的。譬如劉瓊飾演的人物姓王（王小方），黎灼灼飾演的人物姓了朱（朱冰）。1930 年代的很多電影，人物的姓基本跟著演員的姓。最代表性的例子是《大路》，試看其《演員表》（省略號後面是演員姓名）：

金　哥	金　焰
丁　香	陳燕燕
茉　莉	黎莉莉
張　羽	張　翼
鄭　君	鄭君里
羅　明	羅　朋
韓小六子	韓蘭根

章　大⋯⋯⋯章志直
胡　天⋯⋯⋯尚冠武
劉　長⋯⋯⋯劉　瓊
丁老頭⋯⋯⋯劉繼群
洪　金⋯⋯⋯洪警鈴

　　《人海遺珠》中，除了洪警鈴飾演洪師爺、殷秀岑飾演殷大爺、韓蘭根飾演韓老四之外，其他主要人物，譬如老爺王子方（李清飾演）、少爺王小方、母親朱冰、女兒珠兒，都不隨演員的姓。在我看來，這個安排是和國粹電影主題的道德性即嚴肅性相關聯的。

辰、格言警句

　　我一再感歎，無論新、舊、中、外，好的影片一定是有名言警句式的臺詞，當時流行，後來流傳。譬如《青年進行曲》（1937），也是一個少爺喜歡上一個底層女工，老爺不同意，讓他娶同屬於資產階級的小姐並安排他們去旅行，說：

　　　「一個年輕人在旅行的時候，心總是浮動的，最容易跟女人發生那個」。

同時，老爺辱罵那個和兒子戀愛的女工說：

　　　「用下賤的手段，去誘惑一個上等人家的少爺，這是有罪過的！」

在《人海遺珠》當中，母親朱冰告誡熱戀中的女兒說：

　　　「珠兒，一個有錢的人對一個年輕的女子，一見面就說要幫助她，那是一種誘惑，你千萬不要上他們的當，他們都沒存著好心呢！」

這句話在今天，它的意義尤其突出。

巳、「聯華」的革命性以及《浪淘沙》的民族主義高峰

出品方聯華影業公司，在1937年之前，其主導始終是羅明佑和黎民偉，兩人都與孫中山或國民政府高層有著深刻、廣泛、複雜的歷史淵源，自身資歷和思想都屬於國民黨右派。但奇怪的是，兩人主導的「聯華」卻是出品左翼電影最多、出品國粹電影最力的公司。正因為如此，他們對於傳統文化和倫理道德的認知，比醉心於只出產舊市民電影和新市民電影的明星影片公司更為深刻。從這個意義上說，「聯華」具有很強的革命性，而「明星」是一個極具革新精神的電影公司。

聯華影業公司的另一個有意思的人員組成，是朱石麟和費穆，他們兩人和羅明佑共同構成當時國粹電影的創作主力，幾乎所有的國粹電影均與這三位有關：《國風》（1935）的編劇是羅明佑，由羅明佑、朱石麟聯合導演；《天倫》（1935）的導演是羅明佑，副導演是費穆；《慈母曲》（1936）由朱石麟編劇，導演是朱石麟、羅明佑；《前臺與後臺》（1937）的編劇是費穆；《歸來》（1934）、《人海遺珠》（1937）和《好女兒》（原名《新舊時代》，1937）三部影片，均由朱石麟一人分別編導。

就左翼電影和國防電影銜接上說，1936年聯華影業公司出品的高段位國防電影《浪淘沙》，與兩年前出現的國粹電影有一個形態層面的內在和外在的文化呼應。外在的呼應就是《浪淘沙》從劃分上可以歸為國防電影序列，但影片的思想立場卻與左翼電影的抗日主張和宣傳有所不同，有一種超越政黨或集團意識的高端立場，即用兩個對立人物象徵「兄弟鬩于牆，外禦其侮」的局面。就內在的呼應而言，《浪淘沙》體現出的民族主義，既對1920年代的民族主義精神有所提升，又具備1930年代現代國家理念的高端特徵。〔註41〕

〔註41〕本章文字的主體部分（不包括結語的最後一個自然段，以及戊、多餘的話）約19000字，最初曾以《不同於舊市民電影的舊，也有別於新電影的新──

初稿時間：2012 年 4 月 13 日

初稿錄入：劉慧姣

二稿時間：2019 年 8 月 23 日～10 月 13 日

二稿修訂：2020 年 2 月 14 日

三稿校訂：2021 年 2 月 24 日～5 月 16 日

參考文獻

〔1〕廣告〔N〕，上海：申報，1937-4-9（21），第 22961 期。

〔2〕廣告〔N〕，上海：申報，1937-4-11（26），第 22963 期。

〔3〕廣告〔N〕，上海：申報，1937-4-27（22），第 22979 期。

〔4〕廣告〔N〕，上海：申報，1937-5-10（23），第 22991 期。

〔5〕程季華，中國電影發展史：第 1 卷〔M〕，北京：中國電影出版社，1963。

〔6〕朱石麟，寫在《人海遺珠》完成之後〔J〕，聯華畫報，1937，9（2）。

〔7〕記者，聯華雜誌〔J〕，聯華畫報，1937，9（2）：13。

〔8〕記者，悲劇的開場：「人海遺珠」三圖〔J〕，聯華畫報，1937，9（2）：
15。

〔9〕李少白，導演朱石麟〔J〕，當代電影，2005（5）：29。

〔10〕李道新，倫理訴求與國族想像──朱石麟早期電影的精神走向及其文
化含義〔J〕，當代電影，2005（5）：35～40。

〔11〕李道新，中國電影文化史（1905～2004）〔M〕，北京大學出版社，2005：
320～321。

〔12〕趙衛防，無限低佪感萬千──朱石麟藝術軌跡探詢〔J〕，當代電影，
2005（5）：30～35。

國粹電影〈人海遺珠〉（1937）讀解》為題，先行發表於《汕頭大學學報》2020
年第 10 期（責任編輯：李金龍）。特此申明。

〔13〕盤劍，傳統文化立場與現代經營意識──論朱石麟「聯華時期」的電影創作〔J〕，當代電影，2005（5）：40～46。

〔14〕陳墨，早期朱石麟電影中的家、國、時代與人〔J〕，當代電影，2008（5）：73-78。

〔15〕陳墨，鳳凰的顏色：朱石麟的政治衣冠、商業拳腳、文化心靈〔J〕，當代電影，2012（1）：79～84。

〔16〕紫雨，新的電影之現實諸問題〔N〕，北京：晨報「每日電影」，1932-08-16//陳播，三十年代中國電影評論文選〔M〕，北京：中國電影出版社，1993：586。

〔17〕鄭君里，現代中國電影史略//近代中國藝術發展史〔M〕，上海：良友圖書印刷公司，1936//中國無聲電影（四）〔M〕，北京：中國電影出版社，1996：1385。

〔18〕袁慶豐，中國現代文學和早期中國電影的文化關聯──以 1922～1936 年國產電影為例〔J〕，中國現代文學研究叢刊，2010（4）：13～26。

〔19〕錢理群，溫儒敏，吳福輝，中國現代文學三十年（修訂本）〔M〕，北京：北京大學出版社，1998：337～338。

〔20〕袁慶豐，1930 年代中國左翼電影的歷史面貌及其當下意義〔J〕，學術界，2015（6）：209～217。

〔21〕袁慶豐，《孤城烈女》：左翼電影在 1936 年的餘波回轉和傳遞〔J〕，青海師範大學學報，2008（6）：94～97。

〔22〕袁慶豐，《春到人間》：從左翼電影向國防電影的強行轉化──辨析孫瑜在 1937 年為中國電影所做的歷史貢獻〔J〕，當代電影，2012（2）：102～105。

〔23〕袁慶豐，《聯華交響曲》：左翼電影餘緒與國防電影的雙重疊加──1937 年全面抗戰爆發之前中國國產電影文本讀解之一〔J〕，浙江傳媒學院學報，2010（2）：70～74。

〔24〕袁慶豐，讀解文本：中國早期電影的實證研究與影史重建〔J〕，影視文化，2013（8）：111～117。

〔25〕饒曙光，關於深化中國電影史研究的斷想〔J〕，北京：當代電影，2009（4）：72。

〔26〕酈蘇元，走近電影，走近歷史〔J〕，北京：當代電影，2009（4）：63。

〔27〕琪葵，朱石麟和《清宮秘史》〔N〕，上海：文匯報，2011-8-14。

The Lost Pearl：Different from the traditional Chinese films and the newness of new movies —— The New Case of ChineseQuintessence Film in 1937

Read Guide： In the early 1930s, Chinese films were divided into the new and the old. Old films are traditional Chinese films. In addition to the left-wing films, new films include new citizen films that conditionally extract and borrow elements from left-wing films, and Chinese quintessence films that not only opposes the radical social revolution of left-wing films, but also opposes the urban cultural consumerism of new citizen films, and at the same time has new thinking that traditional Chinese films did not have. *The Lost Pearl* takes the moral responsibility of the image of mother and daughter as the starting point. It reflects not only the core value that family and country bond together, but also the repositioning of traditional ethics in the new era. This is the further development and continuous interpretation of Zhu Shilin and Chinese quintessence films on the eve of the full-scale outbreak of the Anti-Japanese War, and it is the new logo of the cultural proposition of quintessence films in 1937.

Keywords： traditional Chinesefilm; left-wing film; new citizen film; Chinese quintessence film; Zhu Shilin; United Photoplay Service Company;

第陸章 《前臺與後臺》(1937 年)——國粹電影如何承載與展示民族精神和文化傳統

圖片說明:中國大陸市場銷售的《前臺與後臺》VCD 碟片(單碟,「俏佳人系列」)包裝之封面、封底。(圖片攝影:姜菲)

閱讀指要:

　　就 1937 年抗戰全面爆發之前當年的國產電影生產而言,國粹電影與新市民電影和國防電影共同構成電影主流。作為國粹電影,費穆編劇的《前臺與後臺》是其思想體系和藝術理念一以貫之的體現:對民族精神一往情深的現實梳理,對文化傳統情有獨鍾的影像再現。考慮到包括費穆在內的許多編導在上海淪陷後的電影創作,重新讀解這部短片,可以深入考查和理解 1938〜1945 年中國電影的民族血脈和文化存在的歷史性走向。

關鍵詞:左翼電影;國防電影;新市民電影;聯華影業公司;費穆;國粹電影

專業鏈接 1：《前臺與後臺》（短故事片，黑白，有聲），聯華影業公司 1937 年
　　　　　出品。VCD（單碟），時長 37 分 7 秒。

　　　》》》編劇：費穆；導演：周翼華；攝影：黃紹芬。

　　　》》》主演：寧萱（飾陳四妞兒）、張琬（飾桃豔雲）、傅繼秋（飾
　　　　　陳老兒）、裴沖（飾李少培）、劉瓊（飾蓋百歲）。

專業鏈接 2：原片演職員表字幕（以原有格式錄入）

品小劇喜

臺後與臺前

任主片製

潔　　陸

演導　劇編

華翼周　穆費

芬紹黃　影攝

可　許　景布

贊　廓　音錄

綱宏祝　務劇

演合人新華聯

（序為後先場出以）

秋繼傅.................兒老陳

萱寧.................兒妞四陳

琬張.................雲豔桃

沖裴.................培少李

瓊劉.................歲百蓋

勵恒.................奎大黃

寧百沈（串客）.......板老

萊范.........隨跟的雲豔桃

文學田.............事管臺後

皇嚴.................紅寶小

三祝苗.............事管臺前

專業鏈接 3：鏡頭統計

說明：《前臺與後臺》全片時長 37 分鐘 07 秒，共 150 個鏡頭。其中：

甲、小於和等於 5 秒的鏡頭 53 個，大於 5 秒、小於和等於 10 秒的鏡頭 36 個，大於 10 秒、小於和等於 15 秒的鏡頭 17 個，大於 15 秒、小於和等於 20 秒的鏡頭 13 個，大於 20 秒、小於和等於 25 秒的鏡頭 6 個，大於 25 秒、小於和等於 30 秒的鏡頭 4 個，大於 30 秒、小於和等於 35 秒的鏡頭 7 個，大於 35 秒、小於和等於 40 秒的鏡頭 7 個，大於 41 秒的鏡頭 7 個。

乙、片頭鏡頭 4 個，片尾鏡頭 0 個，黑屏鏡頭 2 個。

丙、固定鏡頭 113 個，運動鏡頭 31 個。

丁、遠景鏡頭 3 個，全景鏡頭 28 個，中景鏡頭 56 個，近景鏡頭 53 個，特寫鏡頭 4 個。

（數據統計與圖表製作：呂峰、原露；覆核：劉麗莎）

專業鏈接 4：影片經典字幕與臺詞選輯

「一臺戲不是一個人唱得了的」。

明天日戲：《八蠟廟》《九更天》《打花鼓》《拿高登》《空城計》《霸王別姬》。

「我說，那小姑娘就是那老頭的閨女，叫四妞，那老頭也是咱們同行。從前也唱過老生，姓陳。一直跟著跑龍套的講的，李老闆也知道，李老闆從前在口外唱的時候，那老頭子在那園子裏還是挺硬整的呢」。——「唉，不是也沒有多少年呢，怎麼就落成這副模樣了？」——「哎，這年頭，那就甭提了。大紅大紫的李老闆如今來也就降了格啦，哪兒跑出來那麼一個桃豔雲，唱《玉堂春》，還得咱們李老闆給他配藍袍。」——「哎呀，桃豔雲也沒有那四妞唱的好啊。」——「我也那麼說啊。」

「怎麼？病了？你瞧瞧，你瞧瞧。我剛賣了個滿座啊，怎麼她又病了。這不是要我的命嘛這個，人家沖什麼來的？人都是沖《霸王別姬》來的，這不是拿喬嘛，這個……」——「您這是什麼話呢，怎麼說是拿喬呢。人吃五穀雜糧，誰保得住不生病呢？這是什麼話呢？」——「我倒不是說你們老闆拿喬不拿喬。我跟你說我是真急了，我跟你說，無論怎麼樣，得請你們老闆得辛苦一趟。」——「辛苦一趟，人家得肯來呀。」——「那就得老哥你幫忙了，回去給你老闆多美言兩句，大家把這臺戲唱完了，有話好說呀。」——「我願意跟您說話，人這是病著了，這不是動嘴的事情啊。」

——「我明白，我明白。」——「大家有話好說，二爺，你繼續唱得了，你繼續唱得了。」——「我說二爺，李經理跟你說了半天了。拿高登快下來，空城計就上，霸王已經勾臉了。」——「哎，得了。你別多說了。拿車錢讓二爺回去得了。」——「我給二爺拿車錢，您請樓上歇歇。」

「反了呀，反了呀！」——「得得得，您勾您的臉，勾臉，勾臉，這事情你可管不著了。這是老闆的事情，再說賣滿座，人家也衝著您霸王一半啊。黃老闆，黃大奎。誰人不知，有哪個不曉呢？」——「別抬我啊，人家是角兒。」——「對，人家是角兒。咱們是棒槌。」——「棒槌？棒槌還有個槌呢，你是擀麵杖！」——「別開玩笑了，一臺戲啊也不是一個人能唱得了的。大傢夥在臺上多賣點力氣，識貨的主啊，究竟是有的。」

「蓋老闆，你別淨說廢話了。桃豔雲要是真不來，等會兒一鬧退票，甭說大家沒臉。連戲份兒都拿不著了。」——「看在戲份兒的上面，打戲團找人替唱虞姬。」——「可是你讓我找誰來替唱虞姬呢？」——「你腦子靈，你想想看啊。」——「李兆新吧，沒嗓子。靳麗雲吧，身段又不靈，小寶紅，你呀，沒份兒！」

「就不去！就不去！你哪兒看過我受這樣的委屈？沒有錢是不上，生病可沒有辦法。他們這麼辦事，全是什麼東西？還不是全靠我一個人？你就這麼跑一趟，人家叫你回來你就回來？你這樣下去，咱們有理，那不成沒理呀！」——「不是這麼說，您別生這麼大的氣，人家老闆是真急了。報紙貼出去了，座也真上滿了，您就是不衝他老闆，衝著座您也得唱啊。」——「不唱，不唱，本小姐就是不唱！王媽，把我的藥拿來！」——「小姐，錢是等著給您的，他壓根也沒說不給您啊。等您去了，唱完了。老闆自然會把錢送上來的，那顯得多麼漂亮呢。」——「那是人話呀？唱完了他更不給了。快給我滾！」——「得，我去，我去。我拿不了錢我抓老闆來，那還不行嗎？」——「抓老闆有什麼用，那還不是廢話。」——「得，您吃藥吧。」

「這不是糟糕了嗎，什麼事怎麼還是不肯來啊！」——「沒有再比您聖明的。小姐們鬧點病這是常有的事。還是那句話，不是動嘴的事情您吶。」

「這不是逼死人嗎，這個。」——「那可沒辦法。」——「好了，好了。我們這麼辦好了，你請她來，反正這戲已經唱了一半了，也該放心啦，我在這兒籌款，她扮好了我再給錢。」

「小姐，請您先去。去了就有錢了。」——「混蛋！」

「老闆呢？老闆呢？」——「正發急呢！」——「這怎麼辦？」——「沒人替啊！」——「我曉得沒人替。」——「反正沒你的份兒，你走開點兒！」

「來來來，這邊來。請坐，請坐！您是陳老闆？」——「不敢當，不敢當。」——「你是四妞，您的閨女。唱得挺好的。學過霸王別姬沒有？」——「有，有，有，剛教會！」——「好了，這一臺戲，讓您唱了。呦，小臉蛋，扮上去挺好看的。」

「老大，這件事情我簡直辦不下去了。無論怎麼樣，你前臺給我湊 200 塊錢給她送去，把這場戲唱完了它。反正早晚我得改行。」——「錢湊了那些啊，後臺的戲份，前臺的開銷，全靠賣這點兒啊。」——「您不用管了，一會兒要退票不是更麻煩嗎？」——「我去，我去！」——「先《空城計》再演出好吧？」——「隨便，隨便！」

「一個月只有半個月的包銀，完了到頭上，還是沒有。幹活有咱們幹的，幹一個又一個的。」——「你想啊，那角兒掙個千兒八百的，剛欠上幾星期，她就拿喬，咱們弟兄又算個什麼呢？」

「這是誰啊？」——「這是李老闆的朋友啊。」——「要飯的吧？」

「幹我們這一行，全仗著大傢夥齊心。連一個跑龍套的都不能少，她唱大軸子的為了一點兒錢臨時拿喬，按規矩就得認罰。」——「罰什麼，罰什麼呀罰？」——「大傢夥餓著肚子，她臺柱子一拿喬，您一送就是 200，說句戲詞，您何以服眾啊？」

「下邊造反了，哪兒又蹦出個四妞來。這不是造反嗎！」——「您先別著急！」——「我還不著急？」——「老闆，這就是四妞。」——「這就是四妞啊？」——「這就是四妞。」——「這不要飯的嘛？」——「這是埋沒了的人才啊，這是。到現在這個時候這也是沒法子的事。曹老闆來這齣戲也上不去，現在讓四妞扮上，前臺要是捧場的話，那是一天之喜。就是唱砸了，也不過是個退票啊。」

「老闆了不得了，前臺衝上來了，大小拿個主意吧。」——「把錢拿過來吧，還是請曹老闆來吧，好嗎？」——「不行不行，現在只有一條路。除了讓四妞唱，沒有第二個辦法。」——「虞姬一上場啊，準是滿堂彩，那時候您用一張紅紙，再寫桃豔雲因病請假，特煩蔡小香小姐客串虞姬。四句引子念完，客人一聽口，一唱就紅了！」

「虞姬讓四妞唱，大家看怎麼樣？」——「好！」——「霸王別姬扮好了，馬上就唱。」——「錢呢？錢呢？」——「得了，得了，謝謝你們老闆，這 200 塊錢，我們大家用了。」——「你們要造反啊？你們……」

「這點兒小事都辦不了，一趟趟地白跑，你也不害臊。我的臉啊，都給你丟盡了。」——「得得得，這差事我也真當不了。」

「王媽，把我的藥拿來。」——「藥瓶子不是給您砸了嗎」——「哎呦！」——「你快給我滾！」——「得了別砸了，砸壞了，還不是得您自己花錢嗎。」——「砸，你管我，哼，我還要到園子去呢。」

「四妞，你成嗎你？」——「爸爸，我不行的呀。」——「行啊，這沒關係，你沉住氣好了。」

「沉住氣……」——「你好好唱啊」——「您關照她一點兒。」——「好。」

「哦，您都扮好了，這麼說我們來晚了？」——「你來遲了！」——「臺上出什麼戲啊？」——「虞姬已經上場了！」——「啊？」——「嘿嘿。」

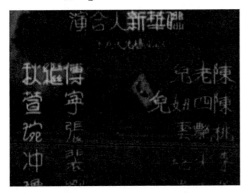 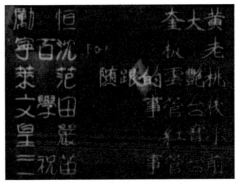

專業鏈接 5：影片觀賞推薦指數：★★★★★

專業鏈接 6：影片學術價值指數：★★★★★

甲、前面的話

在 1949 年後的中國大陸電影歷史研究中，1960 年代集體編撰、代表官方意識形態價值取向的《中國電影發展史》影響巨大，至今仍不無參考價值。因為一般情況下，這部著述都會結合歷史背景對具體提及的影片給予定性分析。

　　譬如，1921～1931 年的中國電影被看作是「游離於中國革命運動」[1]P50 的產物，其中，興盛於 1920 年代末至 1930 年代初期的「武俠神怪片」的出現，是「小市民」和「同樣感到苦悶的某些華僑觀眾」的「心理狀態」的反映 [1]P135。在 1937 年抗戰全面爆發之前，1930 年代的國產電影除了「左翼電影」（1933 年）[1]P203、「國防電影」（1936～1937）[1]P413 之外，還有以「淫亂、猥褻、神秘、荒誕、浪費、敗壞、幻夢、狂亂」為內容實質的「軟性電影」[1]P413，以及具有「反動文化思想」[1]P353 的影片如《國風》、「為反動統治服務」[1]P351 的《天倫》等等。〔註1〕

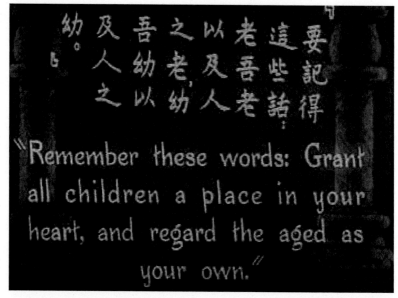

圖片說明：1935 年，聯華影業公司出品了鍾石根編劇的配音片《天倫》（如圖）。作為副導演，費穆完整地體現了監製兼導演羅明佑的思想和藝術旨趣，那就是回歸傳統文化、抗拒現實擠壓。

　　1990 年代以來的中國大陸電影史研究，在對待 1930 年代國產電影的態度上，一般都會在類似的框架下去蕪存菁。譬如，研究者們都把 1932～1937 年的中國電影視為「新興電影運動」[2][3]P41[4]P51——也有人稱之為「新生電影（運動）」[5]P145。但大家似乎都沒有對聯華影業公司在 1937 年出品的《前

〔註1〕《國風》（故事片，黑白，無聲），聯華影業公司 1935 年出品；編劇：羅明佑；聯合導演：羅明佑、朱石麟。《天倫》（故事片，黑白，配音，刪節版），聯華影業公司 1935 年出品；編劇：鍾石根；導演：羅明佑；副導演：費穆。我對這兩部影片的具體討論意見，祈參閱本書第貳章、第叁章。

臺與後臺》給出具體的定性與分類，也沒有涉及《中國電影發展史》冠之以的「喜劇小品」的名義[1] P353。

參考影片文本，《前臺與後臺》是「喜劇小品」沒有問題。問題是，這部出品於（當年）7月全面抗戰爆發之前的影片，屬於左翼電影還是國防電影？抑或只是概念籠統的「新興電影運動」／「新生電影（運動）」中的一分子？還是屬於其他形態，譬如前幾年我稱之為高度疑似政府主旋律影片或曰新民族主義電影——現今我統稱為國粹電影的序列？

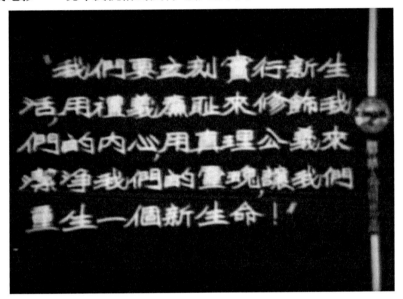

圖片說明：羅明佑 1935 年監製、編劇，並與朱石麟聯合導演的無聲片《國風》(如圖)表明，上層知識分子與執政黨在對待傳統文化的立場、理念甚至實施策略上有諸多一致或重合之處。

最初，我曾把《前臺與後臺》看作是在 1920 年代舊市民電影基礎上生成而來，與左翼電影同樣屬於新電影（運動）中的新市民電影[6]，因為新市民電影的一個重要特徵，就是對左翼電影思想元素有條件地借助使用[7]。現在看來，這部影片不應該是新市民電影，而應該歸於國粹電影序列。

就《前臺與後臺》而言，它的意義與價值，主要體現在全面抗戰爆發前夕國產電影對民族精神和文化傳統的開掘和表現上。這既是費穆創作思想和藝術理念一以貫之的體現，也是在抗戰爆發之後，包括「孤島」電影在內長達八年之久的淪陷區電影生產製作中的一個文化底線，更是不間斷運行的中華文化血脈頑強承載的戰前民族精神的歷史座標。

圖片說明：1920 年代興盛的古裝片，是對 1910 年代翻拍戲曲片的承
接。而 1930 年代結合有聲技術蓬勃發展的古裝戲，無意間成為全面
抗戰爆發後保存民族文化傳統的視聽載體。（《前臺與後臺》截圖）

乙、《前臺與後臺》：聯華影業公司「四國主義」製片方針的精神承接

《前臺與後臺》的出品，原本是計劃外的產物。1936 年，「聯華」由於年
初發行的配音片《天倫》和隨後生產的第一部有聲片《浪淘沙》〔註2〕導致公
司經營困難，聯華影業公司創辦人之一的羅明佑因此失去支配地位，由另一
名股東吳性栽「取而代之」；8 月 1 日，吳性栽等組織的「華安」公司正式接
辦「聯華」的全部製片業務，對外依然沿用聯華公司的名義，而羅明佑與另
一位公司創辦者黎民偉，以及編導鍾石根、金擎宇等一同退出公司〔1〕P457～458，
另謀生路〔註3〕。

〔註 2〕《浪淘沙》（故事片，黑白，有聲），聯華影業公司 1936 年出品；編劇、導演：
　　　　吳永剛。我對這部影片的具體意見，祈參見拙作：《新浪潮——1930 年代中國
　　　　電影的歷史性閃存——〈浪淘沙〉：電影現代性的高端版本和反主旋律的批判
　　　　立場》（載《南京藝術學院學報——音樂與表演》2009 年第 1 期），其完全版
　　　　和未刪節（配圖）版，先後收入拙著《黑白膠片的文化時態——1922～1936
　　　　年中國早期電影現存文本讀解》和《黑布鞋：1936～1937 年現存國防電影文
　　　　本讀解》，敬請參閱。
〔註 3〕羅、黎兩位老率一干編導退出「聯華」後，以原先關張有年的「月明」公司
　　　　的攝影場為基地，恢復了黎民偉 1927 年創辦的民新影片公司的名義，在「七‧

「華安」接辦「聯華」後，曾拍攝了一部由京劇名家周信芳主演、費穆擔任藝術指導的戲曲片《斬經堂》；攝製期間，由於女主角更迭造成停頓，遂利用「現成的場面和衣箱」，由費穆編劇，周翼華導演，拍攝了這部《前臺與後臺》[1] P457~458，時間是 1937 年的上半年。

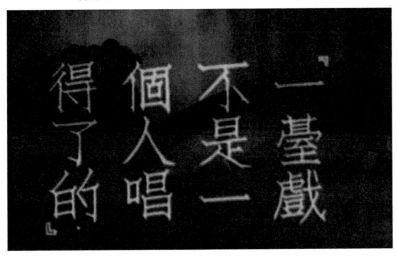

圖片說明：如果聯繫到當時「聯華」公司的人事變動背景，《前臺與後臺》的這句話就具備了多角度解讀的資質：作為臺詞，它是本片主題思想的概括，但作為道理，那就既可以針對「人」也可以針對「事」。

從這部不到 38 分鐘的短片情節上看，它多少與拍攝《斬經堂》時遭遇的故事背景相彷彿，甚至影射或乾脆就是寫實亦可成立。這個無關宏旨，甚至現今磨損嚴重，聲、色缺失（畫面斑駁、音色破裂）的效果，也沒有影響影片本身原始魅力的放射。

影片講的是一個戲班子，由於女主角耍大牌，在關鍵時刻撂挑子，眾人無奈之下，現找了一位街頭賣唱的無名女伶救場，結果不僅一鳴驚人，而且還化危機為契機：除了原先的女主角顏面盡失，劇團上下無不皆大歡喜。

這部作品之所以被 1960 年代的電影史稱之為「喜劇小品」，首先，原因不是源於故事本身的喜劇性，而是因為影片一開始就給出了這樣的字幕。這無非想說明，本片的誕生實屬意外，並非公司原先就有的製片計劃——當然，彼時的「喜劇小品」，無論稱呼和概念，都與現如今的電視電影時代有許多區別。

七」事變爆發、公司再度關閉之前，還有三部影片出品，即金擎宇編導的《母愛》、鍾石根編劇，鍾石根、趙策導演的《靈肉之門》，以及鍾石根編劇、卜萬蒼導演的《新人道》[1] P458。

　　其次，表面上看，它似乎是導演費穆臨時起意的客串編劇之作，但嚴格地說來，這是一部正經八百的電影。只不過，相對於1930年代國產電影一般都在90分鐘上下的標準時長，《前臺與後臺》只有其一半左右的時長勉為其難，因此製片方臨時為它安排了這麼一個類別，算是上市推銷的一個產品歸類標籤而已。

圖片說明：《前臺與後臺》（如圖）本是費穆為周信芳拍攝《斬經堂》
的副產品，但聯繫到此後費穆編導的《孔夫子》（1940）和導演的《小
城之春》（1948），就會發覺這種偶然其實是必然的體現。

　　在我看來，這種製作和稱謂上的小插曲，恰恰可以說明一個大問題。那就是，1937年全面抗戰爆發前夕的中國電影，正要面臨著一個歷史性的轉折；或者說，這種歷史性的轉折，無論是對中國社會還是對中國電影，都凸顯了製片業的現實處境。

　　首先，按照我的理解，自1932年興發的左翼電影在1936年被國防電影（運動）整合後，事實上已經消亡，1933年出現的新市民電影成為主流電影強有力的代表；而國防電影（運動）雖然影響深遠、意義重大，但具體成就，較之於左翼電影和新市民電影，稍顯遜色[7]；況且國防電影又有「廣義」與「狹義」之分：

　　前者指的是「通過寬泛的取材，反映帝國主義軍事侵略和經濟侵略下的各種現實生活問題」[3]P46的影片。就現存的、公眾可以看到的影片而言，它

們是《新舊上海》〔註4〕、《壓歲錢》〔註5〕、《十字街頭》〔註6〕、《馬路天使》〔註7〕等[3] P47；後者則專指「直接反映抗敵鬥爭、號召大眾團結禦侮的影片」[3] P47，代表作品有《狼山喋血記》〔註8〕、《壯志凌雲》〔註9〕、《聯華

〔註4〕《新舊上海》（故事片，黑白，有聲），明星影片公司 1936 年出品；編劇：洪深；導演：程步高。我對這部影片的具體意見，祈參見拙作：《1936 年：有聲片〈新舊上海〉讀解——中國左翼電影轉型、分流後現存唯一的新市民電影》（載《汕頭大學學報》2008 年第 2 期），其完全版和未刪節（配圖）版，先後收入拙著《黑白膠片的文化時態——1922～1936 年中國早期電影現存文本讀解》和《黑皮鞋：抗戰爆發前的新市民電影——1933～1937 年現存中國電影文本讀解》，敬請參閱。

〔註5〕《壓歲錢》（故事片，黑白，有聲），明星影片公司 1937 年出品；編劇：洪深【夏衍】；導演：張石川。我對這部影片的具體意見，祈參見拙作：《新市民電影〈壓歲錢〉：中國早期電影中的賀歲片》（載《浙江傳媒學院學報》2010 年第 4 期）、《新市民電影的世俗精神及其對意識形態的市場化規避——以 1937 年的賀歲片〈壓歲錢〉為例》（載《河北師範大學學報》2011 年第 2 期），以上兩文合成後的完全版和未刪節（配圖）版，先後收入拙著《黑夜到來之前的中國電影——1937 年現存國產影片文本讀解》和《黑皮鞋：抗戰爆發前的新市民電影——1933～1937 年現存中國電影文本讀解》，敬請參閱。

〔註6〕《十字街頭》（故事片，黑白，有聲），明星影片公司 1937 年出品；編導：沈西苓。我對這部影片的具體意見，祈參見拙作：《〈十字街頭〉：1930 年代國產電影中的「蟻族」生活寫照與喜劇化處理》（載《浙江傳媒學院學報》2010 年第 6 期），其完全版和未刪節（配圖）版，先後收入拙著《黑夜到來之前的中國電影——1937 年現存國產影片文本讀解》和《黑皮鞋：抗戰爆發前的新市民電影——1933～1937 年現存中國電影文本讀解》，敬請參閱。

〔註7〕《馬路天使》（故事片，黑白，有聲），明星影片公司 1937 年出品；編劇、導演：袁牧之。我對這部影片的具體意見，祈參見拙作：《〈馬路天使〉：新市民電影的經典之作——基於左翼電影和國防電影背景的審視》（載《汕頭大學學報》2011 年第 1 期）、《1937 年國產電影音樂配置與傳播效果的世俗影響》（載《中國音樂》2011 年第 3 期），以上兩文合成後的完全版和未刪節（配圖）版，先後收入拙著《黑夜到來之前的中國電影——1937 年現存國產影片文本讀解》和《黑皮鞋：抗戰爆發前的新市民電影——1933～1937 年現存中國電影文本讀解》，敬請參閱。

〔註8〕《狼山喋血記》（故事片，黑白，有聲），聯華影業公司 1936 年出品；原著：沈浮、費穆；編劇、導演：費穆。我對這部影片的具體意見，祈參見拙作：《國防電影與左翼電影的內在承接關係——以 1936 年聯華影業公司出品的〈狼山喋血記〉為例》（載《佛山科學技術學院學報》2008 年第 2 期），其完全版和未刪節（配圖）版，先後收入拙著《黑白膠片的文化時態——1922～1936 年中國早期電影現存文本讀解》和《黑布鞋：1936～1937 年現存國防電影文本讀解》，敬請參閱。

〔註9〕《壯志凌雲》（故事片，黑白，有聲），新華影業公司 1936 年出品；編劇、導演：吳永剛。我對這部影片的具體意見，祈參見拙作：《電影市場對左翼電影

交響曲》（中的部分短片）等[3] P47。

圖片說明：作為副導演，費穆 1935 年為「聯華」拍攝的《天倫》（如
圖），其實是對老闆兼導演羅明佑文化理念的認同；與其說這部影片
是當代題材，不如說是他們對優質中國傳統文化的呼喚。

　　對於上述「廣義」的國防電影概念界定，我並不全然認同，因為實在是
過於寬泛，因為即使是舊電影，譬如 1920 年代的電影──我稱之為舊市民
電影，也不能遽然說它們沒有「寬泛的取材」、沒有反映各種現實生活問題
[8]。

　　因此，無論是《新舊上海》《壓歲錢》，還是《十字街頭》《馬路天使》，都
不應該劃入國防電影的範疇；短片集《聯華交響曲》當中，倒是有五個屬於
國防電影序列[註 10]。

────────────────────

　　　　類型轉換和品質提升的作用──以〈壯志凌雲〉為例》（載《南京師範大學文
　　　　學院學報》2009 年第 2 期），其完全版和未刪節（配圖）版，先後收入拙著
　　　　《黑白膠片的文化時態──1922～1936 年中國早期電影現存文本讀解》和
　　　　《黑布鞋：1936～1937 年現存國防電影文本讀解》，敬請參閱。
　[註 10]　《聯華交響曲》（短片集，黑白，有聲），聯華影業公司 1937 年出品；編劇、
　　　　導演：司徒慧敏、蔡楚生、費穆、譚友六、沈浮、賀孟斧、朱石麟、孫瑜。
　　　　屬於國防電影的五個短片是《春閨斷夢》（編劇、導演：費穆）、《陌生人》（編

　　同理，截取藝人生活片段的《前臺與後臺》，也不屬於「廣義」的國防電影，當然更不符合「狹義」的國防電影概念。

　　圖片說明：1935 年《天倫》(如圖) 的出現，與其說表達了「聯華」
及羅明佑和費穆的文化主張，不如說他們借助電影，代表了當時一些
上層知識分子面對當下的傳統文化立場，即弘揚國粹。

　　實際上，《前臺與後臺》也不是一個道地的新市民電影。因為，它的出現，在文化邏輯和產品生產程序上，與「聯華」創始人羅明佑早先提出的「四國主義」的製片方針有著直接的關聯。所以，作為新電影，它應該屬於借助優質傳統文化資源，既不同於新市民電影也不同於左翼電影及其升級換代版的國防電影的國粹電影。

劇、導演：譚友六)、《月夜小景》(編劇、導演：賀孟斧)、《瘋人狂想曲》(導演：孫瑜)、《小五義》(編劇、導演：蔡楚生)。我對這部影片的具體意見，祈參見拙作：《〈聯華交響曲〉：左翼電影餘緒與國防電影的雙重疊加——1937年全面抗戰爆發之前中國國產電影文本讀解之一》(載《浙江傳媒學院學報》2010 年第 2 期)，其完全版和未刪節 (配圖) 版，先後收入拙著《黑夜到來之前的中國電影——1937 年現存國產影片文本讀解》和《黑布鞋：1936～1937年現存國防電影文本讀解》，敬請參閱。

　　1933 年 3 月底，羅明佑主導聯華影業公司時曾經提出一個「製片口號」，曰：「挽救國片、宣揚國粹、提倡國業、服務國家」，簡稱「四國主義」[1]P246。由於中共地下組織的領導和抗議，一個月後羅明佑宣布取消口號，「重新恢復含糊的『提倡藝術、宣揚文化、啟發民智、挽救影業』」的製片方針[1]P246。

　　這種情形，顯然不僅僅是黨派意識形態之爭，而更應該被看作是製片公司內部面對市場法則在生產路線和製片方針上有所偏重的博弈。事實證明，反對「四國主義」的結果，使「聯華」成為出品左翼電影最多、取得成就最高、獲得市場份額更大的製片公司；同時，又使得「聯華」擁有更為靈活的市場應對策略：

　　1936 年，面對風起雲湧的國防電影運動，「聯華」於 11 月[1]P470，推出國防電影《狼山喋血記》。1937 年新年伊始，「聯華」在繼續出品國防電影（與左翼電影套裝）《聯華交響曲》之後，一方面轉軌新市民電影如《如此繁華》的生產〔註11〕，另一方面持續發力，出品國粹電影如《人海遺珠》《好女兒》（原名《新舊時代》）〔註12〕。

　　換言之，羅明佑和黎民偉等人的退出，並沒有根本改變「聯華」直面市場、應對時代危機的底蘊和創新能力。因此，作為國粹電影，一方面，《前臺與後臺》是「四國主義」製片方針在編導層面的貫徹體現，另一方面，又是「聯華」1937 年上半年產品生產慣性的結果之一。這從《前臺與後臺》自身攜帶的諸多信息就可以看出端倪。

〔註11〕《如此繁華》（故事片，黑白，有聲），聯華影業公司 1937 年出品；編劇、導演：歐陽予倩。我對這部影片的具體意見，祈參見拙作：《〈如此繁華〉的世俗品位與藝術趣味──1937 年抗戰全面爆發前的新市民電影》（載《浙江傳媒學院學報》2011 年第 3 期）、《新市民電影〈如此繁華〉的世俗性、時尚性與趣味性──1937 年抗戰全面爆發前的國產電影》（載《當代電影》2011 年第 4 期），以上兩文合成後的完全版和未刪節（配圖）版，先後收入拙著《黑夜到來之前的中國電影──1937 年現存國產影片文本讀解》和《黑皮鞋：抗戰爆發前的新市民電影──1933～1937 年現存中國電影文本讀解》，敬請參閱。

〔註12〕《人海遺珠》（故事片，黑白，有聲），聯華影業公司 1937 年出品；編劇、導演：朱石麟。我對這部影片的具體意見，祈參見本書第伍章。《好女兒》（原名《新舊時代》，故事片，黑白，有聲），華安股份有限公司 1937 年出品；編劇、導演：朱石麟。我對這部影片的讀解意見尚未公開發表，更多影片相關信息，祈參閱本書第柒章。

左翼電影理念為先，強調和突出立場激進的階級性、革命性（暴力性）、宣傳性。新市民電影的特徵，則是熱衷對市井生活和民間智慧的精巧展示，崇尚技術表現手段和文化消費主義。相形之下，同為新電影的國粹電影，對二者政治主張和社會、文化立場既有取捨、揚棄，又有對立、排斥的一面：那就是選取優質傳統文化資源，表明自身的社會批判立場和文化主張。

圖片說明：費穆的電影語言及表達其實是傳統文化理念的外化形態而
不僅僅是技術手段，所以即使是抗戰題材的國防電影《狼山喋血記》，
他也是借助「事」來展現故國土地的「人」和「景」。

《前臺與後臺》講的這個故事不大不小，雖然情節簡單、篇幅不長，卻是層層鋪墊、手法講究，最後在緊鑼密鼓、攝人心魄的優美唱腔中高潮迭起：當紅藝人不講藝德，最終自作自受；劇團同仁「救場如救火」、同心協力；民間高人幸得知音，終成正果。小舞臺，大世界，人生沒有彩排只有直播——端的是小小插曲大智慧，編的、拍的、演的、看的，無不沉浸其間、顧盼生姿，怎一個好字了得？但最終，還是落在「卒章顯其志」上：道理勝於敘事，表達服從立場。

圖片說明：現在的電影史研究往往強調後來的《小城之春》而忽略了
1937年《聯華交響曲》中的《春閨斷夢──無言之劇》（如圖），這是
費穆打通當下與古代、理想與現實的「飛去來器」。

丙、《前臺與後臺》：1937年7月全面抗戰爆發前夕的文化定位和歷史座標

《前臺與後臺》中所蘊含的民族精神和文化傳統，是應該被特別注意的
一點。現存的、公眾能夠看到的1937年7月全面抗戰爆發之前出品的當年影
片，一共有13部，即聯華影業公司出品的《聯華交響曲》《前臺與後臺》《如
此繁華》《春到人間》《藝海風光》《人海遺珠》《好女兒》（原名《新舊時代》）、
《王老五》，明星影片公司出品的《壓歲錢》《十字街頭》《馬路天使》，以及新
華影業公司出品的《夜半歌聲》和《青年進行曲》。〔註13〕

〔註13〕我對《王老五》（故事片，黑白，有聲，聯華影業公司1937年出品，編劇、
　　導演：蔡楚生）和《夜半歌聲》（故事片，黑白，有聲，編劇、導演：馬徐維
　　邦）的讀解意見，其完全版和未刪節（配圖）版，先後收入拙著《黑夜到來
　　之前的中國電影──1937年現存國產影片文本讀解》和《黑皮鞋：抗戰爆發
　　前的新市民電影──1933～1937年現存中國電影文本讀解》，敬請參閱。對
　　《春到人間》（故事片，黑白，有聲，「聯華」／華安影業股份有限公司1937
　　年出品，編劇、導演：孫瑜）和《青年進行曲》（故事片，黑白，有聲，新華
　　影業公司1937年出品，編劇：田漢；導演：史東山）的討論意見，其完全版
　　和未刪節（配圖）版，先後收入拙著《黑夜到來之前的中國電影──1937年
　　現存國產影片文本讀解》和《黑布鞋：1936～1937年現存國防電影文本讀解》，
　　敬請參閱。對《藝海風光》（短故事片合集，黑白，有聲，華安影業股份有限
　　公司1937年出品；《電影城》編導：朱石麟；《話劇團》編導：賀孟斧；《歌
　　舞班》編劇：蔡楚生；導演：司徒敏慧）的讀解意見，其未刪節（配圖）版，

　　這其中，《青年進行曲》是史有定論的國防電影[1]P491。其餘影片，依照我個人的劃分，《春到人間》是國防電影，《聯華交響曲》是國防電影和左翼電影（餘緒）的合成組裝；而《壓歲錢》《十字街頭》《馬路天使》《如此繁華》《王老五》《藝海風光》《夜半歌聲》等，屬於新市民電影；《前臺與後臺》《人海遺珠》《好女兒》（原名《新舊時代》）等，則歸於國粹電影序列。

　　這種形態的劃分歸類，正是闡釋《前臺與後臺》內在品質的出發點；而如果把《前臺與後臺》放置在編劇費穆的整個作品體系中去考察，就又會發現一條很清晰的思想脈絡與文化線索——這二者既與費穆本人的電影創作歷程有關，更與中國電影在 1930 年代和抗戰期間直至戰後的思想主題有關。

　　圖片說明：就視聽語言的表現特點而言，《前臺與後臺》（如圖）中的前後景別、空間透視關係，以及光效、調度的別有匠心，不過是費穆年初於《春閨斷夢——無言之劇》中的創造性延續。

　　從 1933 年到 1937 年，費穆為「聯華」貢獻的影片篇目有：

　　《城市之夜》（1933，導演）、《人生》（1934，導演）、《香雪海》（1934，編劇、導演）、《天倫》（1935，副導演）、《狼山喋血記》（1936，編劇、導演）、《聯華交響曲之〈春閨斷夢——無言之劇〉》（1937，編劇、導演）、《鍍金的城》（1937，導演）、《北戰場精忠錄》（1937，編劇、導演）、《斬經堂》（戲曲片，1937，編劇兼藝術指導[1]P613）、《前臺與後臺》（1937，編劇）。

　　收入拙著《黑皮鞋：抗戰爆發前的新市民電影——1933～1937 年現存中國電影文本讀解》，敬請參閱。

　　進入 1940 年代，費穆為（「**孤島時期**」）民華影業公司拍攝的影片有：《孔夫子》（1940，導演）、《洪宣嬌》（1941，導演）、《世界兒女》（1941，原著、編劇）、《古中國之歌》（1941，編劇、導演）、《國色天香》（戲曲片，1941，導演）；而在 1948 年，他又先後為文華影業公司和華藝影片公司拍攝了故事片《小城之春》（導演）與戲曲片《生死恨》（導演）。

齊家，治國，平天下

圖片說明：2011 年 6 月，香港一位婉拒公布姓名的人士臨終前向本地的中國電影資料館捐贈了費穆 1940 年編導的《孔夫子》膠片拷貝，費穆女兒費明儀隨後攜此片到內地舉辦學術公映。

　　現在無從得見的影片姑且不論──我只能用文本本身來論證中國電影歷史──費穆參與編導拍攝的影片，其獨特氣質值得注意。

　　就現存的，公眾可以看到的影片而言，1935 年的《天倫》（副導演）在國產電影歷史上的意義和地位的獨特來自於兩個方面：首先是呼應政府當局提倡傳統文化、強調倫理道德對世道人心的整肅力量；其次是實際上的執行導演費穆與羅明佑共通的民族思想、文化主張和文化立場。

　　1936 年的《狼山喋血記》（編劇、導演）是史有定論的國防電影，宣揚反抗侵略的民族精神和爭取獨立自由的現代國家意識；1937 年《聯華交響曲》中的短片《春閨斷夢──無言之劇》（編劇、導演），反映的是女性面對戰爭摧殘

的內心焦灼，代表著整個民族對戰爭到來時包括女性性心理在內的深層次心理
應激反應；同年的《前臺與後臺》（編劇），是藝人生活與道德層面的衝突展示。

　　1948 年的《小城之春》（導演），表面上看是一個三角戀愛故事，實際上
是費穆對中國社會在意識形態暴力擠壓下的集體意識苦悶、彷徨與決絕之情，
象徵大於寫實〔註 14〕；同年的《生死恨》（導演）是繼《斬經堂》之後，為京
劇藝術大家留存的藝術精神寫照。

圖片說明：重新面世的《孔夫子》（如圖）再次證明，費穆鍾情不移的
光影效果並非僅僅是導演的藝術技巧，因為支撐視聽語言的是創作者
的文化傳統、理念、立場和對當下現實的即時反映。

　　如果從以上諸片提取一下公因式，或者說抽取一組價值相等的核心理念
與共同基本元素的話，那就是中國的民族精神和文化傳統在新時代的堅守和
弘揚——這是國粹電影的核心理念。

　　那麼，回到《前臺與後臺》，這個短故事片其實有三個層面的含義。

<hr />

〔註 14〕費穆的長女費明儀說：「他（爸爸）說我要拍一個片子，我說拍一個片子？他
　　　　說講兩個男人跟一個女人的故事，我說，啊？兩個男人一個女人那就是三角
　　　　戀愛啦！他說你就是會說三角戀愛，好萊塢電影看太多了，他說兩個男人跟
　　　　一個女人在一塊一定是三角戀愛嗎？那我說名字叫什麼呢？他說叫《小城之
　　　　春》」。轉引自二十集系列片《老上海‧老電影》中的「費穆軼事」一集（編
　　　　導：朱晴、彭培軍、謝曉紅、劉麗婷；上海電視臺紀實頻道製作；中國唱片
　　　　上海公司 2005 年出版發行）。

　　第一個是純粹的故事本文；第二，表現的是戲班子內外的日常生活與實際運作，側重於民俗層面的規則和品質，具有濃鬱的中國文化色彩，譬如「救場如救火」和「耍大牌」這樣的潛規則，以及相應的破解方式；第三，是影片表現和折射出來的民族文化意義、傳統價值取向和人生審美標準：片中有三段京劇選唱，先是《玉堂春》中包括「蘇三起解」的兩段，然後是《霸王別姬》中的一場戲。《玉堂春》講的是一齣冤案終於得到昭雪的故事，《霸王別姬》是中國歷史上最有代表性的人生悲劇──無論是從民族精神還是從文化傳統上都是如此。

圖片說明：費明儀也當面對我回憶說，她當年與乃父談到《小城之春》，
費穆說：一個女人和兩個男人的故事就一定是三角戀愛嗎？我想，人
們是否真的明白影片主題思想和編導的意圖？

　　深入到最後這層含義你就會發現，《前臺與後臺》當中實際上已經蘊含著抗戰時期包括「孤島」時期（1937～1941）在內的淪陷區電影內在的民族精神和文化傳統要素，亦即國粹電影的核心理念。而它們的生成，就費穆的創作而言，是從《天倫》《狼山喋血記》《春閨斷夢──無言之劇》一線貫穿下來，經歷了淪陷時期的《孔夫子》後，便是抗戰勝利後《小城之春》的大悲劇意識〔註15〕，最終又以梅蘭芳演唱的京劇《生死恨》（1948）作結──痛定思痛，痛何如哉！

〔註15〕我對《小城之春》的具體討論尚未公開發表，敬請關注。

　　正是在這個意義上，全面抗戰爆發前夕的《前臺與後臺》就此具備了包括「孤島電影」在內的淪陷區電影的一個價值定位意義或曰密碼信息集成模塊。它可以解釋，為什麼在抗戰期間，包括「孤島」時期在內的淪陷區國產電影製作中，會呈現大批戲劇戲曲電影和翻拍、改編的古代題材和古裝片的現象——即使是當代題材譬如時裝片，也是承襲了國粹電影的製作模式和生成範式。

圖片說明：1905～1931 年的舊市民電影時代和 1937～1945 年全面抗
戰時期，屬於國粹電影的古裝片和戲劇片都曾興盛一時，原因之一就
是本土文化受到外來文藝勢力的強力擠壓和排斥。

　　全面抗戰爆發後，就現存的、公眾可以看到的影片而言，國民政府控制的地區——包括假借香港製作——的電影製作，譬如《孤島天堂》〔註 16〕，都可以歸於國防電影或曰抗戰電影序列。這個道理不證自明：抗戰期間，一切為抗戰服務，包括電影在內的文藝作品主流自然也不例外，而且事實上也是如此。

　　那麼，包括「孤島電影」在內的淪陷區國產電影製作，整體面貌則相對比較複雜，但這類「禁區」式的歷史也並非不可以實事求是地言說論證，譬

〔註 16〕《孤島天堂》(故事片，黑白，有聲)，(香港) 大地影業公司 1939 年出品；
　　　　劇本原著：趙英才；編劇、導演：蔡楚生。我對這部影片的具體意見，祈參
　　　　見拙作：《抗戰電影的主流形態及港式表達——兼析〈孤島天堂〉(1939)》(載
　　　　《韓山師範學院學報》2021 年第 4 期)，未刪節版 (配圖)，收入拙著《黑草
　　　　鞋：1937～1945 年現存抗戰電影文本讀解》，敬請參閱。

如不能僅僅以「漢奸電影」[9]P117 的名義以偏概全。實際上，2000 年以後的大陸電影史研究，已經突破所謂中國電影史研究的禁區。例如有人在用「商業流脈」概括「孤島電影」時，就明確指出其對「國家、民族命運憂心忡忡、欲罷不能」[5]P183 的文化內涵。

更有研究者將觀照視角拉升後指出：「中國戲劇其實不僅體現在京劇藝術大師參與電影拍攝，像 1905 年中國第一部電影《定軍山》，像費穆拍過的《斬經堂》（1937）、《前臺與後臺》（1937）、《古中國之歌》（1941）……《生死恨》（1948）等等這樣一些戲曲藝術片，而且反映在作為一種傳統的存在於對電影作戲劇化處理甚至將戲劇戲曲強加在電影藝術表現之上的特定做法，甚或在更深層面，戲劇的使用不是為其本身，而是為了『民族』的集體的、引起幻覺的意義」[4]P74 。

圖片說明：《前臺與後臺》中的京劇表演，雖然是 1930 年代新電影浪潮中的小溪流，但「國粹」藝術在國產電影中持續不斷的驚鴻一現，也是以戲劇戲曲為代表的本土藝術不曾停止的體現。

丁、結語

實際上，研究者們對「孤島」時期電影歷史的新的觀點論述，同樣可以涵蓋大部分淪陷區的電影製作，只不過是僅限於以費穆為例。

譬如在上述羅列的作品中，費穆在全面抗戰爆發之前的 1937 年當年，作為編劇，作品有 2 部（《斬經堂》《前臺與後臺》）；在「孤島」時期，或編或

導的作品有 5 部（《孔夫子》《洪宣嬌》《世界兒女》《古中國之歌》《國色天香》）。由此可見，在抗戰全面爆發前後，費穆的電影創作在題材上的偏重，與所體現的民族精神和文化傳統，是一以貫之的，而在民族解放戰爭即抗戰期間，對民族文化的展示和傳播本身就是民族精神和文化傳統誓死不降的存在。國民生活中的民族精神和文化傳統，遠比戰爭更為偉大和永恆。

因此，出品於 1937 年 7 月全面抗戰爆發前夕的短故事片《前臺與後臺》，其價值和貢獻，並不侷限於本身的自有信息和吸附的歷史信息，而更多地體現在對全面抗戰爆發後，包括「孤島」時期電影在內的淪陷區國產電影製作中民族精神的體現和文化傳統的影響上。或者說，《前臺與後臺》是包括「孤島」時期電影在內的淪陷區國產電影製作中大量出現的古裝片、戲曲片和古代題材的電影，在文化精神價值取向上的戰前電影精神的歷史座標——對此，我情願承擔文本過度闡釋所帶來的理論風險。

圖片說明：與其說費穆的《前臺與後臺》下意識地體現出國土淪陷前
夕的文化自覺，不如說京劇其實一直是近現代以來漢民族文化傳統、
民族意識乃至國體制度血脈流傳最重要的視覺文化載體。

戊、多餘的話

子、黑夜到來之前的象徵？

現在看《前臺與後臺》，它的象徵意味大於藝術表現，讓人聯想到「聯華」公司在全面抗戰爆發前夕的變化，以及整個中國電影界在全面抗戰爆發後繁

榮時代的表現。尤其是影片一開始那一組推移簡單的鏡頭，在漫漫長夜之中，一老一小兩個賣唱者，老者拉琴，小姑娘唱《蘇三起解》。我第一次看到這個片段禁不住感歎，這才是真正的原生態唱法。你注意，當唱段停歇的時候，下段隨著一聲鑼響──那是討錢邀賞的意思──緊接畫面上的燈光熄滅，窗戶也都關上了。因此，這段戲表現的不僅是漫漫長夜中兩個賣藝人孤苦的心境，更是編導落寞孤寂的情懷。

這時候你不能不聯想到費穆在 1948 年導演的《小城之春》（編劇：李天濟），兩者的不同之處在於其淒婉、孤寂中又帶有決絕的、強烈的情緒，雖然它們都屬於中國傳統文化意蘊中的悲劇性美感。《小城之春》之所以偉大，主要是因為，它的確是一個非常特殊和複雜的電影，因為它產生的背景和年代與包括「孤島」時期在內的淪陷區電影類似。

因此，對那個歷史背景和電影的解讀，也不能僅僅從一個純粹狀態的審美角度去考量。《前臺與後臺》片頭這一段暗夜中的行走，是不是也可以理解成是一種象徵，象徵著黑夜來臨之前的中國社會、歷史和世道、人心？

丑、「一臺戲不是一個人唱得了的」

《前臺與後臺》片頭打出的這個字幕，實際上是影片中的一句臺詞。當然說這句話、包括這個影片都是有具體的語境的。從電影史的角度，從今天的角度來看，又不能不給出一些聯想的空間：這句話是說誰呢？難道僅僅是針對臨場要挾的女主角嗎？

當然可以這樣理解，但這句話可不可以理解為被公司股東逼迫離開的羅明佑和黎民偉？甚至是不是影射就此上臺的新老闆吳性栽？這句話是不是又可以指風雨欲來、即將來到的全民抗戰，不是一個政黨和一個集團能單獨完成的歷史處境？當時的人們可以或不可以這樣聯想，但後來的研究者是不是有這個權利或者站到今天的高度聯想、分析？

寅、導演周翼華的鏡頭意識

影片導演周翼華的功力和手法讓人佩服。首先，這個短片採用了戲中戲的手法，將戲裏戲外的故事套進來拍，不僅非常緊湊，而且在這麼短的篇幅裏居然還高潮迭起：一個是女主角撂挑子的時候，後臺亂作一團；第二個高潮就是新人女主角上得臺來，征服觀眾。

其次，影片的構圖很有值得讚賞的地方。譬如那兩個流浪藝人陳老兒和陳四妞兒沿街賣唱時，劇組的人在窗裏面傾聽，當畫面切回陳氏父女的時候，左上方是一個老式宮燈。這個燈一方面作為畫面的主要部分，同時又是主光源，父女兩人則擱到右下角，齊著領口入畫，幾乎同樣的構圖出現了兩次，每次都有 19 秒之多（05：02～05：21，05：28～05：47）。

這樣的靜止鏡頭看似突兀，但聯想到十一年之後，李天濟編劇、費穆導演的《小城之春》時，就會有恍然大悟的感覺。

卯、陳四妞和小紅

對於陳老兒和陳四妞父女兩人，影片在旁人的對話中交代說，老者原來也是當紅的前輩，現如今流落街頭，不得已和女兒賣藝乞討。這裡我並不考慮故事和人物的真偽，我想到的是在同一年由明星影片公司出品的《馬路天使》當中，也出現了類似的人物組合，那就是王吉亭扮演的琴師和周璇飾演

的養女小紅——周璇的身世又與影片中的人物有驚人的相似之處——因此，《馬路天使》和《前臺與後臺》又有題材和人物上的相近之處。

辰、「飲場」及其取消

餘生也晚，沒見過 1949 年前舞臺藝人演唱的實況場景，但是從一些資料譬如侯寶林等老前輩說的相聲裏知道，那時的藝人尤其是名角在戲臺上演唱的時候有這樣的規矩：角兒唱著唱著就歇口氣，然後後面上來一跟班兒的，手裏捧一茶壺，讓演員喝上幾口——壺裏面有盛雞湯的，當然也有喝茶水之類的飲料；喝的時候有時要拿袖子或手絹什麼的擋一下，而下面的觀眾對此並不以為意。這種情況，行話叫「飲場」。

我一直以為這種做派或規矩是在 1949 年以後被新中國當做陋習全面取消的，但據說早在 1920 年代，梅蘭芳成為「角兒」之後，就身體力行地廢除了[10]。所以當我在《前臺與後臺》當中看到此類情況的實況直播，覺得蠻有意思。所以說，好的電影一定要有相當鮮活的時代信息留存，而這些所謂的時代信息恰恰又是以點點滴滴的形式構成了民族精神和文化傳統。[註 17]

初稿日期：2007 年 6 月 1 日

初稿錄入：李振營

二～三稿：2010 年 12 月 3 日～31 日

二稿錄入：田穎、李豔

四稿配圖：2011 年 6 月 18 日～8 月 5 日

增補校訂：2021 年 2 月 7 日～5 月 16 日

〔註 17〕本章文字（不包括戊、多餘的話）約 7600 字，最初曾以《〈前臺與後臺〉：1937 年的新市民電影——抗戰全面爆發前國產電影對民族精神與文化傳統的開掘與展示》為題，先行發表於《浙江傳媒學院學報》2011 年第 1 期（杭州，雙月刊；責任編輯：華曉紅），其完全版（配圖）作為第六章，收入拙著《黑夜到來之前的中國電影——1937 年現存國產影片文本讀解》（中國廣播電視出版社 2012 年版），題目是：《〈前臺與後臺〉：如何承載與展示民族精神和文化傳統——1937 年抗戰全面爆發前新市民電影的內在品質》，閱讀指要中的黑體字是當時結集成書時的修訂。但幾年前我修正了看法，認為不應該將這部影片視為新市民電影，而應歸於國粹電影序列。現在的面貌，就是從成書版直接改訂而來的——為便於讀者批判，所有改訂之處均以黑體字標識；同時新增沒有文字說明的影片截圖九幅，並為戊、多餘的話增加分列了小標題。特此申明。

參考文獻

〔1〕程季華，中國電影發展史：第 1 卷〔M〕，北京：中國電影出版社，1963。

〔2〕李少白，中國電影史〔M〕，北京：高等教育出版社，2006：57。

〔3〕陸弘石，舒曉鳴，中國電影史〔M〕，北京：文化藝術出版社，1998。

〔4〕丁亞平，影像時代——中國電影簡史〔M〕，北京：中國廣播電視出版社，2008。

〔5〕李道新，中國電影文化史〔M〕，北京：北京大學出版社，2005。

〔6〕袁慶豐，《前臺與後臺》：1937 年的新市民電影——抗戰全面爆發前國產電影對民族精神與文化傳統的開掘與展示〔J〕，浙江傳媒學院學報，2011（1）：84～88。

〔7〕袁慶豐，1922～1936 年中國國產電影之流變——以現存的、公眾可以看到的文本作為實證支撐〔J〕，學術界，2009（5）：245～253；袁慶豐，中國現代文學和早期中國電影的文化關聯——以 1922～1936 年國產電影為例〔J〕，中國現代文學研究叢刊，2010（4）：13～26。

〔8〕袁慶豐，《雪中孤雛》：新時代中的舊道德，老做派中的新景象——1920 年代末期中國舊市民電影個案分析之一〔J〕，淮南師範學院學報，2009（1）：26～28。

〔9〕程季華，中國電影發展史：第 2 卷〔M〕，北京：中國電影出版社，1963。

〔10〕曾焱，四大名旦與盛世梨園想像——梅蘭芳的角色〔J〕，三聯生活週刊，2008（45）：38。

***Performance and Ethic* : How to Carry and Show the National Spirit and Cultural Tradition——Intrinsic quality of Chinese quintessence movies before the outbreak of the Anti-Japanese War in 1937**

Read Guide : As far as the production of domestic film before the full outbreak of the War of Resistance in 1937, *Performance and Ethic* is a mainstream film coexisting with new citizen film and national defense film. Fei Mu's work is a consistent embodiment of his ideological system and artistic concept : the combing of the national spirit based on reality, and image presentation of the cultural tradition. Considering the film creation of numerous directors including Fei Mu after the fall of Shanghai, re-viewing this short film can deeply examine and understand the historical trend of the national blood and cultural existence of Chinese films from 1938 to 1945.

Keyword : left-wing film; national defense film; new citizen film; Lianhua Film Company; Fei Mu; national quintessence film.

圖片說明：中國大陸市場銷售的《前臺與後臺》VCD 碟片（單碟）。（圖片攝影：姜菲）

第柒章 《好女兒》(《新舊時代》，1937年)
——全面抗戰爆發前夕華安影業公司對國粹電影的承接（存目）[註1]

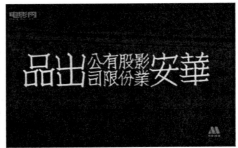

閱讀指要：

　　（略）。

關鍵詞：舊市民電影；左翼電影；新市民電影；國粹電影；視聽語言；朱石麟

〔註 1〕我對《好女兒》的個案討論意見，初稿寫就後始終沒有整理成文並投寄發表，
　　　　故沒能收入拙著《黑夜到來之前的中國電影——1937年現存國產影片文本讀
　　　　解》（中國廣播電視出版社2012年1月第1版）。此後亦一直無暇整理。根據
　　　　二十多年的慣例，沒有先行發表的論文不收入專輯。故此次僅將以後需要的
　　　　配圖集合呈覽，其中，沒有文字說明的圖片均為影片截圖。特此說明，並致
　　　　歉意。

專業鏈接 1：《好女兒》(原名《新舊時代》，故事片，黑白，有聲)，華安影業
　　　股份有限公司 1937 年出品。時長（網絡視頻版）：89 分 43 秒。

>>> 編導：朱石麟；攝影：陳晨。

>>> 主演：陳燕燕（飾四女兒）、尚冠武（飾父親董翁）、黎灼灼
　　　（飾長女）、李清（飾長婿）、尤光照（飾長子）、白
　　　璐（飾二女兒）。

專業鏈接 2：原片片頭字幕及演職員表字幕（以原有格式錄入）

資料影片

中國電影資料館藏

CHINA FILM ARCHIVE COLLECTIONS

品出司公限有份股業影安華

兒女好

（代時舊新名原）

任主片製

潔　陸

演導　劇編

麟石朱

景布　影攝

可　許　晨　陳

音　錄

護　鄺

務場　務劇

廬凱莊　三祝苗

主　演

燕燕陳

灼灼黎

武冠尚

表員演

（序為後先場出以）

武冠尚…………翁　董
因因周……（年幼）女　長
烈　田…………僕　老
娟麗舒…………妻　董
聲塞熊…………母　姑
燕燕陳…………女　四
華智龔…………女　三
超君蔣…………婿　三
璐　白…………女　二
飛劍何…………婿　二
灼灼黎…………女　長

長　婿…………李　清
王先生…………王庭樹
長　子…………尤光照
杜二爺…………恒　勵

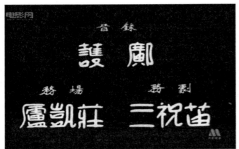
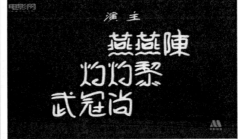

專業鏈接 3：影片鏡頭統計

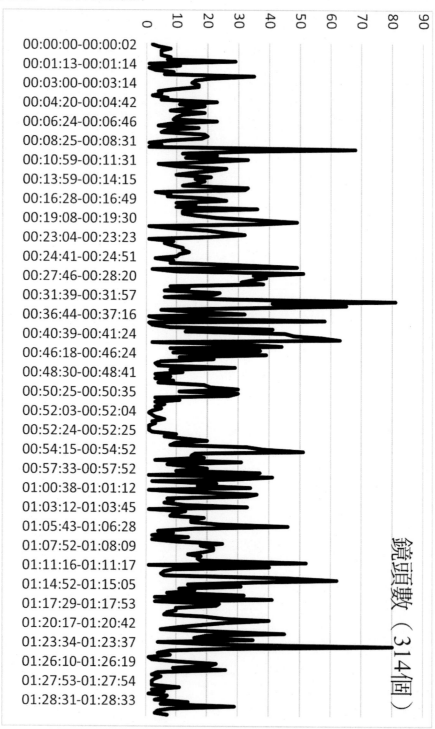

說明：《好女兒》（原名《新舊時代》）全片時長 89 分 43 秒，共 314 個鏡頭。其中：

甲、小於和等於 5 秒的鏡頭 77 個，大於 5 秒、小於和等於 10 秒的鏡頭 70 個，大於 10 秒、小於和等於 15 秒的鏡頭 36 個，大於 15 秒，小於和等於 20 秒的鏡頭 36 個，大於 20 秒、小於和等於 25 秒的鏡頭 24 個，大於 25 秒、小於和等於 30 秒的鏡頭 16 個，大於 30 秒、小於和等於 35 秒的鏡頭 20 個，大於 35 秒、小於和等於 6 秒的鏡頭 12 個，大於 40 秒的鏡頭 23 個。

乙、片頭鏡頭 9 個，片尾鏡頭 1 個；字幕鏡頭 2 個，為交代劇情的鏡頭。

丙、固定鏡頭 222 個，運動鏡頭 91 個。

丁、遠景鏡頭 14 個，全景鏡頭 94 個，中景鏡頭 81 個，近景鏡頭 93 個，特寫鏡頭 16 個。

（數據統計與圖表製作：張銘航；複核：歐媛媛、朱穆蘭）

專業鏈接 4：影片經典臺詞選輯

「大少爺和我們滾筒板，他輸了就賴，還要打我們。」——「是你不好嘛，跟大少爺在一塊玩兒，自己倒楣嘛！」

「她們都進了學堂沒有？」——「我主張不讓她們進學堂，在家裏頭認識幾個字也就得了，等她們將來長大起來，我主張給她們找一個好好的婆婆去，那我做父親的責任也算盡到了。」

「一個女人，是非要有自立的能力不可的！」

「四妹也不是外人，我不怕你笑話我，我每月的薪水完全都交給你三姐的，我每天就拿兩毛錢做車錢，剃頭洗澡就要算額外的支出了，所以這捐款，要等你三姐回來才有錢。」

「這是巴黎香水，11 塊多錢一瓶，這是香粉，四塊錢一盒，香極了。」
──「三姐，你買的東西都不錯，可惜不是中國貨。」──「中國哪有那麼
好啊！」──「好是好啊，不過你把三姐夫辛辛苦苦賺來的錢，都送給外國
人去了。」──「他們的貨已經運到中國來了，我不去買，人家也會去買
的。」──「三姐，只要大家都不去買，他們的貨就根本不會運來。」

「二姐夫，我們勞工托兒所近來經費十分困難。」──「是啊，我們
的紗布交易所近來生意非常難做。」──「所以呀，我們很希望各方面能
夠幫助幫助。」──「對了，我們正在請求政府救濟救濟。」──「二姐
夫，我跟您說的是我們托兒所呀！」──「四妹，我跟您說的是我們交易
所啊！」

「就是那孩子三天兩天的生病。」──「怎麼又病了？」──「是啊，
這又沒法子，只好求求菩薩保祐保祐他。」──「二姐，我看這孩子的病全
是你寶貝出來的。你看現在是什麼天氣了，給他穿這麼多，捂這麼熱！為什
麼不讓他曬曬太陽，多過點兒空氣呢，那不強了你拜菩薩嗎？」──「唉，
他要不是菩薩保祐，哪能長那麼大呀。就是不能夠吹風，一吹風就生病。幸
虧我去求了仙方，仙方真靈啊，一吃就好！」

「吃呀，你不吃我叫外國人來打你！吃！」──「二姐，你為什麼用
這種話來嚇唬小孩子？」──「唉，四妹，我們這是騙他吃藥呢。」──「你
知道嗎？這毒害小孩子的心靈是多麼重要！」

「那你二姐那去過了沒有？」──「怎麼沒去呀？她就知道吃素念佛
一點常識也沒有，把個孩子糟蹋的不成樣子，我真不明白，我們這裡許許多
多活潑潑的孩子需要他們幫一點忙，他們一毛不拔，什麼鬼和尚、死菩薩，
造什麼屁用的寶塔，一捐就是好幾百！」

「媽，兒童教育是何等的重要，我們應該極力地提倡，還有我們女人，
為什麼老等在家裏，為什麼不出去做工？」──「哎，你這句話我可有點不
明白。」──「爸爸，現在中國的兒童教育太不健全了。從前舊家庭的父母
他們只知道愛護兒女，不知道怎麼樣去教育兒女，他們灌輸給兒女的思想，
常常是毒害兒女的。所以我們現在非要徹底的改革一下不可！」──「你這
話是說我還是說你媽？」──「我說的是現在社會上一般做父母的。」──
「你還不是說我嗎？我讓你去念了幾年書，你反而來教訓我了。女孩子你
懂得什麼，從今以後不許你再出去。現在我正給你找婆家，等把你的婚事解

決了，那我做父親的責任也算完了。」——「爸爸，做父親的責任就單為兒女的婚事嗎？」

「四妹，別跑啊，別跑啊。」——「我告訴你，現在的婚事父母都可以不必做主，更用不著你做哥哥的費心了。」

「你這不要臉的東西，連畜生都不如。我早就跟你說過杜二不是個好東西。你偏然還要巴結他，現在巴結出這種事情出來！」——「爸爸，我……」——「你貪圖他一點好處，你忘了自己的根本。引狼入室，出賣同胞，你還有幾個妹妹給你出賣，你這種人天良何在，人格何在？」——「爸爸，爸爸……」——「你做出這種事，對得起祖宗嗎你？」

「女人總是講面子的。」——「講面子？」——「你知道女人為什麼要嫁丈夫呢？」——「哦？為什麼？」——「要靠他吃靠他穿靠他做面子的！」——「哦，嫁丈夫原來是這麼回事兒，那可沒這個資格。」——「你有資格才娶老婆，沒有資格娶什麼老婆？」——「什麼？」——「你有資格才娶老婆，你沒有資格娶什麼老婆！」

「杜先生，你是要錢不是？」——「我自然要錢了。」——「欠你的錢應該還你，可是我現在沒錢。」——「沒錢你得有辦法呀。」——「我的房契地契壓在你那，你可依法辦理呀。」——「啊？杜二爺活這麼大歲數，就不懂得什麼叫法，請你乾脆一句話裏，沒錢我就要人！」

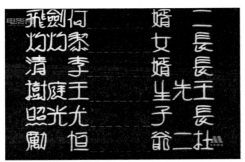 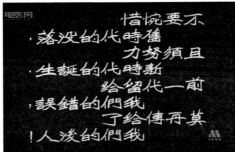

專業鏈接 5：影片觀賞推薦指數：★★★★☆

專業鏈接 6：影片學術價值指數：★★★★☆

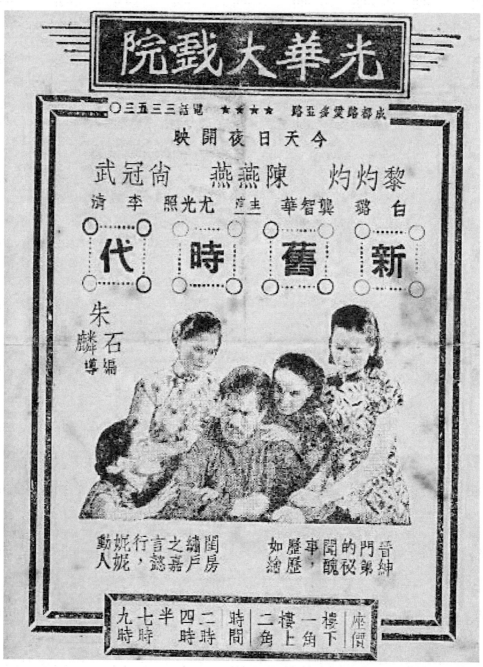

圖片說明：《新舊時代》海報。廣告詞曰：晉紳門第的秘聞醜事，歷歷如繪　閨房繡
戶之嘉言懿行，娓娓動人（圖片出處：http://book.kongfz.com/26491/568791491/）

甲、前面的話（略）

乙、國粹電影的文化內涵（略）

丙、《好女兒》的影像表達特徵（略）

丁、結語（略）

戊、多餘的話（略）

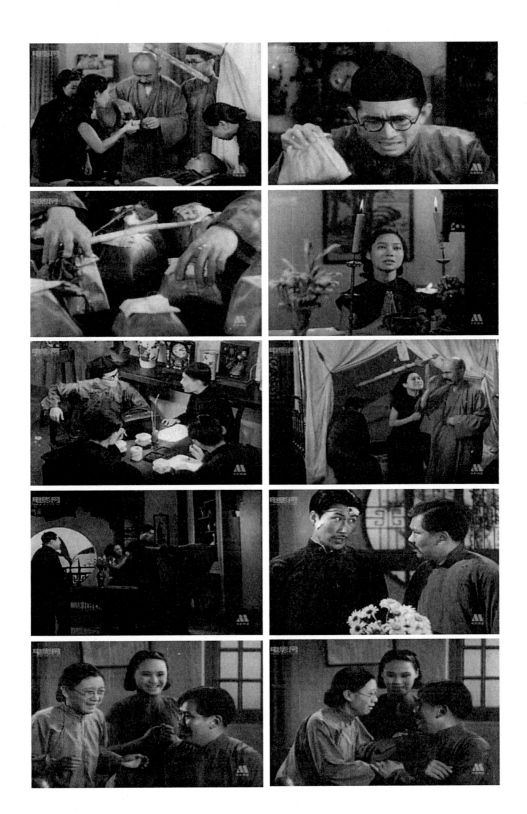

附編一　1922～1936 年中國國產電影之流變——《黑白膠片的文化時態——1922～1936 年中國早期電影現存文本讀解》導論

圖片說明：拙著《黑白膠片的文化時態——1922～1936 年中國早期電影現存文本讀解》（上海三聯書店 2009 年 10 月第 1 版）封面封底設計效果圖之一（採用稿）。

　　據說，公曆 1905 年（清朝光緒三十一年）秋季，北京豐泰照相館創始人，同時又是西藥房、中藥鋪、桌椅店、汽水廠和大觀樓影戲園老闆的任景豐，用一架法國製造的木殼手搖攝影機，為當時著名的京劇演員譚鑫培拍攝了京劇《定軍山》中的幾段武打戲場面[1]P14。以往的中國電影研究界一般不僅將其視為本國人士在本土拍攝的第一部影片，同時也基本將這一年看作是中國電影歷史的開端。[1]P13~14

　　我個人一直對這類論述半信半疑——因為現在誰也沒有看到那部影片〔註1〕；比較公允的史料也只承認《定軍山》不過拍攝了 3 個片段而已[2]。如

〔註 1〕這種猜疑顯然不僅僅屬於我個人。實際上，對所謂譚鑫培之戲曲電影《定軍

　　果姑且承認這樣的事實和論斷，（而在此不做進一步的深入研討），那麼，從 1905 年秋～1937 年 7 月，現存的、公眾可以看到的（早期）中國影片（包括殘片），只有區區 50 部左右。〔註 2〕

　　本書對中國電影文本的實證性討論，之所以從 1922 年開始，是因為現存最早的影片，就是那一年由明星影片公司出品的《勞工之愛情》（又名《擲果緣》）；而之所以止於 1936 年，是因為出品於 1937 年（7 月全面抗戰爆發前）當年、現存的、公眾可以看到的影片數量至少超過 10 部，不得不另行結集。因此，出於篇幅平衡和對後一時期（1937 年 7 月～1945 年 8 月「抗戰時期」現存中國電影）後續研究的考量，本書展開討論的文本對象，只侷限於 1922 年～1936 年年底（以出品或公映時間為標準）的 36 部影片。

　　按照我個人的觀點、研究和劃分，現存的、同時又是公眾可以看到的這 36 部影片，以時間為順序，大體上可以被歸納為如下幾個類型或曰形態，即：舊市民電影、左翼電影、新市民電影、**國粹電影**、國防電影（運動）。其中，左翼電影和國防電影，無論作為概念還是**類型／形態**，在以往的中國電影史研究中多有界定和論述，其餘的類型或曰形態乃至稱謂，則是我個人根據對現存文本的歸納和分類，並在本書中以個案的方式逐一予以論證。

山》為中國第一部電影之說，有學者指出當屬誤傳，而且現在一些電影史所使用的電影劇照也靠不住（參見黃德泉：《戲曲電影〈定軍山〉之由來與演變》，原載《當代電影》2008 年第 2 期，第 104～111 頁，轉引自人大複印資料《影視藝術》2008 年第 5 期）。

〔註 2〕我對 1938 年之前的、公眾可以看到的影片的個案讀解意見，祈參見拙著《黑白膠片的文化時態──1922～1936 年中國早期電影現存文本讀解》（上海三聯書店 2009 年 10 月第 1 版）、《黑夜到來之前的中國電影──1937 年現存國產影片文本讀解》（中國廣播電視出版社 2012 年 1 月第 1 版）。兩書的未刪節（配圖）版（包括對新發現的影片的個案讀解意見），後來按形態分類，分別收入拙著《黑棉襖：民國文化中的舊市民電影──1922～1931 年現存中國電影文本讀解》（臺灣花木蘭文化出版社 2014 年 9 月版）、《黑馬甲：民國時代的左翼電影──1932～1937 年現存中國電影文本讀解》（臺灣花木蘭文化出版社 2015 年 9 月版）、《黑皮鞋：抗戰爆發前的新市民電影──1933～1937 年現存中國電影文本讀解》（臺灣花木蘭文化出版社 2016 年 9 月版）、《黑布鞋：1936～1937 年現存國防電影文本讀解》（臺灣花木蘭文化事業有限公司 2017 年 9 月版），以及《黑棉褲：全面抗戰爆發前的國粹電影──1934～1937 年現存文本讀解》（臺灣花木蘭文化事業有限公司 2021 年 9 月版），敬請參閱。

圖片說明：左為《勞工之愛情》（又名《擲果緣》，無聲片，明星影片公司 1922 年出品）片頭截圖；右為《一串珍珠》（無聲片，長城畫片公司 1925 年出品）片頭截圖。

1922 年～1931 年：舊市民電影

　　在我看來，從中國電影誕生之日起，到 1932 年之前，中國只有舊市民電影一種類型或曰形態。或者說，舊市民電影在這二十八年的發展歷程中，中國電影的主流或全部面貌基本沒有本質性的變化。

　　就相關資料來看，1910 年之前的中國電影基本上是翻拍傳統戲曲尤其是京劇，而且全部是片段，除此之外就是幾部香港製作的短片[1]P517~646。從 1912 年 1 月中華民國成立到 1913 年年底，將近兩年的電影，單單從片名就大致可以看出這一時期電影的文化價值和審美趣味。譬如《難夫難妻》（又名《洞房花燭》）、《五福臨門》（又名《風流和尚》）、《二百五白相城隍廟》《店夥失票》（又名《發橫財》）、《老少易妻》（以上均為亞細亞影戲公司 1913 年出品）和《莊子試妻》（香港華美影片公司 1913 年出品）。

　　到 1931 年為止，凡是在當時引起社會巨大反響的電影，譬如《黑籍冤魂》（幻仙影片公司 1916 年出品）、《閻瑞生》（中國影戲研究社 1921 年出品）、《紅粉骷髏》（新亞影片公司 1921 年出品）和《火燒紅蓮寺》（1～18 集，明星影片公司 1928～1931 年出品）等，無不圍繞鬼神迷信、家庭婚姻、男女戀情、黑幕兇殺、武俠打鬥和噱頭鬧劇聳人耳目。

　　因此，舊市民電影的特徵大致是：一、本土（民族）性；二、世俗性；三、倫理性；四、底層性；五、娛樂性。而上述特點又都是市場化的直接產物，所以又都具有明確、顯著的市場性。

　　舊市民電影在內容方面主要是講述家庭婚戀以及宣揚傳統倫理道德，以窺視他人隱私和暴露社會黑幕、醜惡現象以及武俠神怪為意旨趣味，表現手

法低級，**戲謔至上**，追求商業利益最大化；題材相對狹窄，思想意識與審美趣味大多落後於時代。

在舊市民電影的文本資源──舊文學或曰通俗文學的發展過程中，雖然經歷了中國新文化運動（1915年）和新文學運動（1917年）的衝擊，但一直固守於舊文化或曰俗文化及**傳統文化**的範疇和層面，擁有以中下層市民為主要群體的巨大的觀眾市場。**同時**，在一定程度上和以知識分子階層為主體的雅文化和新文藝形成對立[3]P93。

舊市民電影鼎盛時期的代表是武俠片《火燒紅蓮寺》（1928），而1932年明星影片公司籌集鉅資打造出品的《啼笑因緣》在市場回報上的全面失敗，則預示著舊市民電影在電影發展中開始逐步退出歷史舞臺。實際上，就現存的、公眾可以看到的影片而言，1932年的舊市民電影本身正處於蛻變前夜，譬如多少加入一些時尚元素以求新生。

現存的、公眾可以看到的舊市民電影有9部，而且全部是無聲片（默片），即：《勞工之愛情》（又名《擲果緣》，明星影片公司1922年出品）、《一串珍珠》（長城畫片公司1925年出品）、《西廂記》（殘片，民新影片公司1927年出品）、《情海重吻》（大中華百合影片公司1928年出品）、《雪中孤雛》（華劇影片公司1929年出品）、《怕老婆》（又名《兒子英雄》，上海長城畫片公司1929年出品），以及《一翦梅》《桃花泣血記》和《銀漢雙星》（均為聯華影業公司1931年出品）和《南國之春》（聯華影業公司1932年出品）。對這些影片片名的直觀感性判斷，可以輕易地窺探出它們具有1920年代～1930年代初期舊市民電影的精神面貌和藝術氣質。

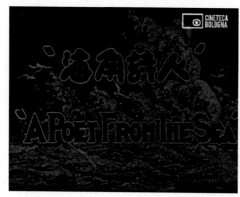

圖片說明：左為《海角詩人》（無聲片，殘片，民新影片公司1927年出品）片頭截圖；右為《西廂記》（無聲片，殘片，民新影片公司1927年出品）片頭截圖。

1932 年～1936 年：左翼電影

作為新電影形態，左翼電影出現於舊市民電影開始沒落的 1932 年，在其發展初期（即左翼電影起始之年，我稱之為早期左翼電影），雖然帶有濃重的舊市民電影痕跡，但它的性質與前者截然不同。如果說舊市民電影是不革命的電影，那麼左翼電影不僅是革命的、而且還是先鋒和前衛的電影。

左翼電影興盛於 1933 年，退潮於 1936 年。左翼電影的主要特徵有：一、思想性：立場激進，具有先鋒意識；二、宣傳性：政治述求和集團利益表達至上，致力於傳播新思想、新理念；三、階級性：以階級立場和階級意識刻畫和表現人物；四、革命性：顛覆現有體制；五、批判性：反對一切強權勢力和強勢階層，同情弱勢階層和邊緣群體；六、暴力性：主張以暴力革命和暴力手段改變現狀。

左翼電影的藝術表現手法在繼承舊市民電影的基礎上多有新穎之處，新人物、新形象層出不窮，思想與煽情並重，雖然多有時代侷限（譬如二元對立模式），但依然是電影市場的潮流產物和時代選擇的必然結果。左翼電影的出現，不僅徹底地終結了舊市民電影一家獨大的時代，而且迅速獲得以青年知識分子為主體的新觀眾群體的熱烈擁躉，從而成為主流電影，這從根本上為中國電影在 1930 年代的繁榮和整體走向奠定了思想與藝術基礎。

需要特別注意的是，早期左翼電影往往在借助舊市民電影傳統的愛情主題、故事框架和敘述模式的基礎上，將舊市民電影中旺盛活躍的個體性暴力基因移植到影片當中，為以後完全意義上的左翼電影架構中階級暴力意識和暴力革命模式奠定了基礎，譬如聯華影業公司 1932 年出品的《野玫瑰》和《火山情血》（均為孫瑜編導）。

在左翼電影興盛時期，其反強權特徵、對階級性的強調（以及由此生發的革命性決定的人性，乃至血統論）和階級暴力模式的全面覆蓋，這種政治功利考量不僅被帶入到 1936 年興起的國防電影（運動），而且由此產生的倫理遮蔽效應，又與 1949 年後中國大陸電影中的人物行為意識及其表述，存在著政治、社會和藝術範疇內直接的邏輯關係。左翼電影和國防電影的思想和藝術資源在一個更為狹窄的思想領域裏和藝術空間中，被有選擇地激活、複製、放大並最終作為隱形基因完成超越時空的隔代傳遞。

現存的、公眾可以看到的左翼電影大部分是無聲片或配音片，而且基本上出自聯華影業公司。這些影片是：《野玫瑰》《火山情血》（無聲片，均為聯華影業公司 1932 年出品）、《春蠶》（配音片，明星影片公司 1933 年出品）、

《天明》《小玩意》《母性之光》（無聲片，均為聯華影業公司 1933 年出品）、《惡鄰》（無聲片，月明影片公司 1933 年出品）、《體育皇后》（無聲片）、《大路》（配音片）、《新女性》（配音片）、《神女》（無聲片，這四部影片均為聯華影業公司 1934 年出品）；完全意義上的有聲片是《桃李劫》（電通影片公司 1934 年出品）、《風雲兒女》（電通影片公司 1935 年出品）、《孤城烈女》（聯華影業公司 1936 年出品）。

圖片說明：左為《情海重吻》（無聲片，大中華百合影片公司 1928 年出品）片頭截圖；右為《雪中孤雛》（無聲片，華劇影片公司 1929 年出品）片頭截圖。

1933 年～1936 年：新市民電影

明星影片公司 1933 年出品的有聲片《姊妹花》，不僅是中國有聲片時代第一部高票房電影，還是新市民電影出現的標誌。

新市民電影和在它前一年出現的左翼電影一樣，雖然也脫胎於舊市民電影，但它同樣自成體系、面目新鮮。一方面，新市民電影的題材與當下聯繫緊密，世俗審美訴求第一，在全盤繼承舊市民電影的倫理性、世俗性、娛樂性、市場性的基礎上，更注重電影的文化消費意識、奉行電影新技術主義路線；另一方面，新市民電影積極借助除了階級意識、暴力革命和激進立場之外的諸多左翼電影元素，即使出於市場考量予以引進，也是盡可能淡化其激進色彩。因此，新市民電影始終具有相對的政治保守性和改良色彩的調和性。從這個角度說，新市民電影擁有比以往的舊市民電影和同時期的左翼電影更廣泛的市場覆蓋性。

從大的時代背景上看，新市民電影是 1930 年代中國雅、俗文化交融互滲的自然結果[3]P337~338。以明星影片公司 1933 年出品的《姊妹花》為例，它在本質上還沒有完全脫離舊文學、舊藝術的思想範疇，其主題和情節設置乃至

具體的藝術表現手法，仍基本依賴舊市民電影的套路，譬如大團圓結局的設置和苦情戲的使用。新市民電影的興起，既與 1930 年代中國城市化進程加速、大批失去土地的農民進入城市謀求生路的現實境況相對應，也與以激進的思想性、階級性見長的左翼電影的興盛潮流相呼應，進而迎合了包括男女農民工在內的普通觀眾對自身命運的情感檢索和道德訴求。

　　1930 年代之前的舊市民電影，基本上可以視為中國舊文學或俗文化的電子影像版，主題、人物尤其是思想了無新意，落後於時代發展變化，大多沉溺於老舊的傳統倫理宣揚和煩瑣、庸俗的日常生活尤其是男女情感的描述，這使得它不能被以新文學所代表的主流文學接納。左翼電影之所以能將舊市民電影全面取代並大行其道，就是佔了一個「新」字，譬如新的價值觀念、新的思想潮流、新的人物形象、以青年學生為代表的新知識分子等等。

　　但同時，左翼電影大多不考慮或者排斥新、舊市民電影對現實人生細密的、世俗層面的關注。因此，左翼電影和新文學都多少與常態人生有些生分和距離，即使有所表現，也多少都有自上而下的概念化傾向。而新市民電影是在直接繼承舊市民電影對城市世俗民生關注的基礎上，**有選擇地積極借助、吸收和多少容納了左翼文藝對底層大眾精神予以觀照的姿態**。

　　因此，不論是市民階層還是知識分子階層、不論是舊人物還是新人物，在新市民電影當中，更多地是從世俗人間、平等眾生的角度去被看待和表現的，譬如明星影片公司 1936 年出品的《新舊上海》就是如此。因此，左翼電影與新市民電影攜手走過 1935 年之後，終於在一定程度上解決了左翼電影有深度但相對沒趣味、新市民電影又單純注重趣味卻常常缺失思想深度的癥結，並且成為左翼電影在 1936 年消亡後直至 1937 年（7 月之前）的主流電影形態之一。

圖片說明：左為《怕老婆》（又名《兒子英雄》，無聲片，長城畫片公司 1929 年出品）
片頭截圖；右為《紅俠》（無聲片，友聯影片公司 1929 年出品）片頭截圖。

　　和舊市民電影全部是無聲片不同，現存的、公眾可以看到的新市民電影全部是完全意義上的有聲片，而且幾乎由明星影片公司一家獨攬，即：《脂粉市場》（1933）、《姊妹花》（1933）、《女兒經》（1934）、《船家女》（1935）、《新舊上海》（1936），只有《漁光曲》（配音片）出自聯華影業公司、《都市風光》（1935）出自電通影片公司。

1935 年：國粹電影的高潮

　　1937 年 7 月之前的 1930 年代中國電影，從製做到發行、放映，幾乎都被當時的三大公司即聯華影業公司、明星影片公司和天一影片公司壟斷瓜分。市民電影則無論新舊與否，基本是由成立於 1920 年代的「明星」和「天一」兩家包辦，成立於 1930 年的「聯華」公司，不僅是率先製作新電影譬如左翼電影的製片公司和出品中心，而且也是 1930 年代幾乎所有新類型／新形態電影的嘗試者和領跑者。這與「聯華」公司的創始人和主導者羅明佑、黎民偉的政治、商業和文化背景密切相關。

　　羅、黎二人雖然分別出生於中國香港和日本橫濱，但他們的祖籍同屬中國近現代革命的策源地廣東，而且其家族和個人與國內政、商兩界淵源深廣。黎民偉是孫中山 1905 年在日本東京成立的同盟會（中國國民黨前身）資深成員之一，1910 年代初期於香港涉足電影製片，旋即投身革命，在 1925 年孫中山逝世於北京之前，一直追隨其行蹤拍攝新聞紀錄片。孫氏曾為他的電影拍攝專門簽發「大總統手令」，並題寫「天下為公」條幅予以表彰[4]。羅明佑亦出身巨商之家，其三叔曾出任北洋政府司法總長，1919 年羅明佑就讀北京大學法學院二年級時，即開始介入北平電影放映市場，至 1929 年，他的華北公司掌控的放映網和院線已經將經營範圍擴展到了東北地區[5]。

　　1930 年，以羅明佑的華北電影有限公司和黎民偉的民新影片公司為主的聯華影業公司成立，其股東既包括英國籍貴族、前任香港總督、北洋政府的總理、內務部長、司法總長和財政大員，也包括南京國民黨政府的外交部長，以及江浙財閥、華僑巨商、煙草公司和洋行買辦[1]P147。官僚買辦背景和現代資本主義的經營方式，並不意味著「聯華」的電影製作是反動的和不革命的，恰恰相反，最革命的左翼電影基本上就是在此生產出品的。因為它是時代精神、歷史潮流以及電影市場走向和新觀眾群體的主動選擇合力完成的結果。

　　1935年，由國民政府黨軍政領袖蔣介石及其夫人領銜推動，自上而下發起提倡波及全國的「新生活運動」。從運動始作俑者的角度，其主旨除了有維護文化傳統、提升國民道德水準和倡導文明生活方式的良苦用心之外，還有試圖借助本土的倫理綱常及其傳統文化資源，從黨國一體、領袖至上的專制獨裁高度，整肅人心、統一思想，進而擺脫左翼思潮尤其是共產主義思想的影響，以強化其合法統治。

　　在當時中國社會本土經濟實力增強，現代民族意識和國家文化意識開始顯露的情形下，像羅明佑、黎民偉這樣的民族主義者和現代知識分子未必認同國民政府的黨派治國理念，但雙方對傳統文化的厚愛和民族主義立場的堅持，顯然在「聯華」的電影製作中找到了立足點和重合之處，這就是1935年的《國風》（無聲片）、《天倫》（配音片）和1936年《慈母曲》（有聲片）的出現。

　　從公司製片路線的角度看，這三部影片是羅明佑、黎民偉在和明星影片公司等對手的市場競爭中，在得到政府的政策扶持和鼓勵下，有意識地在左翼電影之外另創新路的表現。不幸的是，影片的主旋律在實際操作中被生硬地置換為主旋律電影，加之套用舊市民電影套路，處理手法僵直，與時代潮流和市場需求脫節。結果不僅導致票房慘敗，而且從此動搖了羅明佑在「聯華」公司的主導地位[1] P457。

圖片說明：左為《女俠白玫瑰》（即《白玫瑰》，無聲片，華劇影片公司1929年出品）《演員表》；右為《戀愛與義務》（無聲片，聯華影業公司1931年出品）片頭。

　　現在來看，國粹電影（原先我稱之為高度疑似政府主旋律電影或曰民族主義電影、新民族主義電影），在當時的出現雖然沒有撼動左翼電影和新市民電影共同形成的國產電影主流格局，但卻意味著主流政治話語和國家主義對

電影生產的介入和實質性濫觴——早在兩年前的 1933 年，國民黨中央宣傳部在南京主持成立了東方影片公司，雖然在製片上始終毫無建樹[1]P295，但黨營製片機構的出現，標誌著中國電影史上民營／私營企業單一性質的電影生產歷史的結束。

1936 年 2 月：《浪淘沙》

1930 年代日本對中國的侵略，既是中華民族、中國社會被迫面對的生死存亡問題，也是從根本上左右中國電影歷史發展的決定性因素。1931 年日本侵佔東北的「九·一八」事變、1932 年日本侵略上海的「一·二八」事變，不僅進一步激起中國人民的反日浪潮，還直接導致反抗強權勢力、堅持激進民族主義立場的左翼電影的出現。1935 年侵華日軍和民國政府代表簽訂的《何梅協定》（「華北事變」），意味著中國華北繼東北之後成為由日本軍事勢力實際控制的地區。

它在中國現代政治歷程中的直接後果，就是當年年底北平學生大規模的抗議遊行（「一二·九」運動）和次年年底東北軍、西北軍將領扣押最高軍政領袖、籲請停止內戰、立即武力抗日的「雙十二事變」（「西安事變」）。對電影製作而言，前者直接催生了 1936 年年初上海電影界發起的「攝製鼓吹民族解放」的「國防電影運動」[1]P416~417，後者則是《浪淘沙》出現的現實性政治生態基礎。

面對日本加緊全面侵略中國的緊張局勢和國內各政治、軍事集團和勢力錯綜複雜、角鬥不已的混亂格局，聯華影業公司在羅明佑、黎民偉的強力主導下，於 1936 年 2 月攝製完成了公司第一部完全意義上的有聲電影《浪淘沙》。《浪淘沙》的表現形式與影片的主題（內容）具有同等重要的價值，它打破了藝術理論對內容和形式慣常的主、次地位之分，而且給人的震撼是前所未有的。換言之，《浪淘沙》具備的電影現代性和文本前衛性，不僅賦予在以往幾種類型／形態的電影從未提供過的藝術氣質，而且在以後的幾十年間也依然表現出後繼無人的前衛姿態和巔峰地位。

《浪淘沙》包括結構、節奏、鏡頭、構圖、音響、光線等在內的藝術要素，以及由此生成的擊穿庸常人生哲理底線的力度，不僅在當時體現出超越敘述本體的主體意義，在一定程度上，還是 1980 年代中期中國大陸所謂第五代導演崛起的直接的藝術源泉和間接的思想資源。《浪淘沙》的故事架構雖然

是典型的新、舊市民電影模式，集中了兩者的一切經典元素，具備市民文化的低端消費接口，但它的主題思想不僅容納了左翼電影能夠表達的一切主要元素，譬如階級意識、階級鬥爭、暴力反抗，還包括了即將興起的國防電影運動所影射與承載的民族矛盾和國家立場，以及國粹電影中的知識分子價值判斷。

更值得注意的是，《浪淘沙》成功地將上述種種放置於殘酷和封閉的自然環境中，並賦予其對人與人、人與自然關係及其哲理化的終極性思考意義。《浪淘沙》是 1936 年抗戰爆發之前中國國家和民族命運的象徵，如果單純從電影製作的角度來看，它恰恰是「聯華」公司一年前製作的國粹電影的一個反動，即反主旋律電影。《浪淘沙》發出的聲音、表達的意象和強烈的現實象徵性，既與以往的左翼電影侷限於階級鬥爭觀念的激進立場和政治態度有所區別，也和新市民電影一貫的政治保守性和主題思想的庸常性有高下之分，甚至半年以後出現的國防電影，在主題思想上也直接繼承了《浪淘沙》清醒的政治判斷、切實的操作主張。

《浪淘沙》的出現，打破了左翼電影、新市民電影和國粹電影對中國主流電影話語權利共同把持、競爭的既定格局，一種新的話語體系和政治立場開始出現。不幸的是，《浪淘沙》在思想層面不亞於當年左翼電影的激進取向和高端姿態，這使得它既沒有被當時的人們理解接受，也沒有獲得市場應有的商業回報

——市場不是永遠正確或萬能的，它還有劣幣驅除良幣的一面——相反，因為製作成本高昂，加重了「聯華」原本就已存在的經濟困難局面，結果不僅直接迫使羅明佑、黎民偉等公司高層的離去[1]P458，而且也導致像吳永剛這樣超一流編導的流失[1]P459。

圖片說明：左為《一翦梅》（無聲片，聯華影業公司 1931 年出品）片頭；右為《桃花泣血記》（無聲片，聯華影業公司 1931 年出品）片頭。

這種令人遺憾的結局，既造成中國電影不可估量的歷史性損失，也預示著現代知識分子所承擔的憂患意識、自由精神、獨立姿態和批判立場，在以後中國電影發展歷史中的長期缺席——現在來看，內容和形式上都特立獨行的《浪淘沙》，應該歸屬於國防電影序列的高端版本：因為這是一個後來不幸被歷史證實了的清醒者的寓言。

1936年：國防電影（運動）

現存的、公眾可以看到的國防電影文本，（除了）聯華影業公司在本年度出品的配音片《狼山喋血記》和第一部有聲片《浪淘沙》，以及新華影業公司的有聲片《壯志凌雲》外，還有1937年聯華影業公司出品的有聲片《聯華交響曲》中的五個短片，以及新華影業公司出品的有聲片《青年進行曲》和聯華影業公司出品的有聲片《春到人間》。

國防電影實際上是左翼電影基本元素被容納和整合後的轉型結果和產物，突顯了左翼電影的抗敵（抗日）品質，反映了面對日本全面侵略戰爭的日漸逼近時，在民族主義和**民族解放**訴求引導下日漸高昂的抗日呼聲和社會情緒。因此，國防電影是左翼電影的升級換代版。

從電影發展史和這六部可供讀取相關信息的樣本來看，國防電影對左翼電影的思想主題、題材選擇和表現模式，在多有繼承和保留的前提下又有所揚棄，譬如以民族矛盾取代階級矛盾和階級鬥爭的暴力元素，將人物的善惡二元對立模式應用於敵我雙方等。由於從1935年的「華北事變」到1937年7月抗日戰爭全面爆發，在時間上不到兩年，國防電影運動整體上缺乏左翼電影相對長久的藝術實踐、意識培養和思想資源積累，因此，這種轉型又可以視為因外部環境突然發生巨大改變後的強行轉型。

國防電影對民族獨立立場和民族解放精神的宣揚，顯然決定了它是左翼電影暴力意識和暴力革命最直接的受益者和繼承者，也是其主要特徵之一。但就現存的、公眾可以看到的樣本而言，國防電影在藝術成就上，除了《浪淘沙》和《壯志凌雲》外，總體上還不能與左翼電影相比。譬如《狼山喋血記》就是一個由左翼電影強行轉型，但相對而言並不能說是成功的作品。國防電影最偉大的貢獻，是從世界現代史的高度，培養了底層民眾視角的現代意義上的民族國家觀念。

　　國防電影運動的生成、演進和成就，一方面得益於左翼電影發展的歷史和傑出成就所奠定的思想、藝術和人才基礎；另一方面，對張善琨和新華影業公司在中國電影界乃至文化領域的出現和成功而言，由吳永剛編導的《壯志凌雲》，其提供的既是一個判斷解讀的樣本和角度，也是電影市場對時代和社會發展潮流做出的及時反應和結晶。

　　《壯志凌雲》最大程度地剝離了左翼電影思想元素和諸多表現模式與左翼思想根源的產權關係，然後成功地借用國防電影的殼資源轉型上市，進而為啟動宣傳民族戰爭正義程序和暴力編碼的不同黨派、階層和受眾群體，提供了一個低於左翼電影版本的接入端口。

　　張善琨和新華影業公司在順應時代潮流和電影市場演進中，不僅就此取代了聯華影業公司的領袖地位，而且其在國防電影和新市民電影基礎上整合出品的影片，擁有比前兩者更長久的生命力：無論是在 1937~1945 年抗日戰爭的特殊歷史時期，還是在 1949 年之前中國電影的格局演變中，張善琨掌控的電影企業始終立於不敗之地，成為中國電影最有代表性和凝聚力的民族文化品牌。

　　值得特別注意的是，除了吳永剛的天才作品《浪淘沙》，包括上述其他五部影片在內的、所有的國防電影，尤其是它的前身──左翼電影，二者的社會立場、思想資源、主題題材和藝術模式，都深深嵌入 1949 年以後中國大陸電影的魂靈，影響至今揮之不去。

圖片說明：左為《銀漢雙星》（無聲片，聯華影業公司 1931 年出品）片頭截圖（VCD 版）；右為《南國之春》（無聲片，聯華影業公司 1932 年出品）片頭截圖（VCD 版）。

結語：《軟性電影》及其他

1933~1935 年，在中國電影史上曾經出現過對所謂《軟性電影》的激烈爭論[1] P395~411。從幾方的陳述論點來看，所謂《軟性電影》，大概是舊市民電影在新電影（左翼電影和新市民電影）興盛時期的迴光返照，以及官方意志及其話語試圖侵入電影製作領域不成功的努力。近幾年，中國大陸一些研究者開始跳出狹隘的意識形態束縛，對此多有討論〔註3〕。但由於現在沒有公眾可以看到的文本作為佐證和參與分析的對象，因此，對這一問題的實證性討論我只能付諸闕如並表示遺憾。

從現存的、公眾可以看到的 1922~1936 年 36 部影片來看，1932 年之前是舊市民電影的一統天下。進入 1930 年代後，中國電影的主流是左翼電影、新市民電影、國粹電影以及國防電影共同構成。至於所謂「軟性電影」，則無疑具有邊緣性質，除非出於意識形態的單邊政治文化需求，一般不會進入研究者的觀照視野予以實證考量。

從 1905 年所謂中國電影誕生，到 1949 年後中國電影一分為三（大陸、香港、臺灣），上海始終是中國最大的和最主要的電影生產中心和消費市場。實際上，本書中討論的所有影片幾乎都在上海出品、公映的。因此，對中國電影任何角度和意義上的討論，都必然涉及以上海為代表的文化背景、都市意識和市場走向。在這個意義上，對中國電影歷史發展的討論，其實不過是對上海所具備的現代都市文化的實證研究。〔註4〕

〔註3〕請參見李今：《從「硬性電影」和「軟性電影」之爭看新感覺派的文藝觀》（《中國現代文學研究叢刊》1998 年第 3 期）、石恢：《三十年代「軟性電影論」檢視》（《南京社會科學》1999 年第 2 期）、黃獻文：《對三十年代「軟性電影論爭」的重新檢視》（《電影藝術》2002 年第 3 期）、安燕：《再讀「軟性電影論」》（《電影藝術》2003 年第 5 期）、孟君：《話語權·電影本體：關於批評的批評——「硬性電影」與「軟性電影」論爭的啟示》（《當代電影》2005 年第 2 期）等相關論述。

〔註4〕本文（不包括圖片）最初曾以《1922~1936 年中國國產電影之流變——以現存的、公眾可以看到的文本作為實證支撐》為題，先行發表於《學術界》2009 年第 5 期（合肥，雙月刊；責任編輯：流爽），後作為《導論》，收入《黑白膠片的文化時態——1922~1936 年中國早期電影現存文本讀解》（上海三聯書店 2009 年 10 月第 1 版）。需要說明的是，這十幾年來經過不間斷的後續文本實證，我認為我對這一時期中國電影的理論框架體系的適用性依然有效，但做了如下調整：第一，《浪淘沙》不應單獨列為「新浪潮電影」，應該劃入由左翼電影升級換代而來的國防電影序列；第二，《漁光曲》不應被視為左翼電影而屬於新市民電影；第三，最初我將《國風》《天倫》等片稱為高度疑似政府主旋律電

初稿日期：2007 年 5 月 4 日

二稿日期：2008 年 2 月 14 日～7 月 27 日

圖文修訂：2017 年 3 月 16 日～6 月 27 日

再版校訂：2020 年 4 月 16 日～5 月 21 日

本輯再校：2021 年 5 月 7 日～9 日

圖片說明：圖為《黑白膠片的文化時態──1922～1936 年中國早期電影現存文本讀解》（上海三聯書店 2009 年 10 月第 1 版）封面封底設計效果圖之二（未採用）。

參考文獻

〔1〕程季華，中國電影發展史：第 1 卷〔M〕，北京：中國電影出版社，1963。

〔2〕酈蘇元，胡菊彬，中國無聲電影史〔M〕，北京：中國電影出版社，1996：15。

〔3〕錢理群，溫儒敏，吳福輝，中國現代文學三十年（修訂本）〔M〕，北京：北京大學出版社，1998。

影或曰民族主義電影、新民族主義電影，以及國粹電影即新民族主義電影，前幾年我已統一改稱其為國粹電影。另外，本文的第一次修訂版曾作為拙著《黑布鞋：1936～1937 年現存國防電影文本讀解》（臺灣花木蘭文化事業有限公司 2017 年版）之《導論》（增加十八幅插圖並將原《黑白膠片的文化時態──1922～1936 年中國早期電影現存文本讀解·導論》中的相關鏈接改為注釋），第二次修訂版作為《附錄一》，收入《黑草鞋：1937～1945 年現存抗戰電影文本讀解》（臺灣花木蘭文化事業有限公司 2020 年版）。為讀者對比批判計，加上這次，三版中所有改訂之處（包括標點符號）均用黑體字標示。特此申明。

〔4〕香港電影之父——黎民偉（DVD），監製：蔡繼光、羅卡；資料、編劇：羅卡、吳月華；導演：蔡繼光。香港藝術發展局資助，香港龍光影業有限公司 2001 年出品。

〔5〕朱劍，電影皇后——胡蝶〔M〕蘭州大學出版社，1996：73。

圖片說明：圖為《黑白膠片的文化時態——1922～1936 年中國早期電影現存文本讀解》（上海三聯書店 2009 年 10 月第 1 版）封面封底設計效果圖之三（未採用）。

附編二 從左翼電影、國防電影、抗戰電影到「紅色經典電影」——《黑草鞋：1937～1945年現存抗戰電影文本讀解》導論

閱讀指要：

　　對「紅色經典電影」的研究，以往其起點大多指向1949年中華人民共和國成立後大量出現並形成模式的革命題材電影，認為源頭是1942年的「延安文藝座談會講話」。實際上，「紅色經典電影」的起點和源頭，均為1932年出現的，以階級性、暴力性與宣傳性等特徵見長的左翼電影。1936年興起的國防電影（運動），不過是左翼電影的升級換代版本。而1937年全面抗戰爆發後「國統區」的抗戰電影，是國防電影在戰時的延續形態，不但全面繼承了戰前國防電影的思想特徵，而且其故事結構、模式和基本元素等藝術特徵，也都是左翼電影和國防電影行之有效且一脈相承的標準配置。因此，左翼電影不僅曾經影響和左右著1930年代中國電影的歷史走向，1949年後，更以隔代遺傳的方式奠定和規範著中國大陸電影的文化生態和表現模式，也使其新形態——「紅色經典電影」，成為新中國意識形態藝術表達的主要載體和政治話語體系以及宣教功能的重要組成部分。

關鍵詞：左翼電影；階級性；暴力性；國防電影；抗戰電影；「紅色經典電影」

圖片說明：《黑草鞋：1937～1945 年現存抗戰電影文本讀解》，「民國文化與文學研究」
文叢十二編第 5 冊（序 4+目 2+138 面，ISBN 978-986-518-240-3）、第 6 冊（目 2+146
面，ISBN 978-986-518-241-0），臺灣花木蘭文化事業有限公司 2020 年 9 月版（全書
共 431 頁，版權頁字數：193162 字，插圖：378 幅）。（圖片攝影：朱穆蘭）

甲、前面的話

　　所謂「紅色經典電影」，一般認為「『紅色經典』是指建國初期以革命故
事為背景、反映革命英雄人物高尚情操的文學作品、劇目或影視作品。而在
中國大陸的文藝話語體系中，普遍將紅色經典作品定義為 1942 年毛澤東發表
《在延安文藝座談會上的講話》之後，產生的大量反映時代、對人民群眾有
重要影響的一批小說、戲劇、電影等作品」[1]。包括「建國後、『文革』前出
版或公映的，反映中國共產黨領導下的革命鬥爭和工農兵生活的重要文學藝
術作品。這些作品的人物形象、美學風格、藝術手段、情節結構等等也都具
有不斷重複的類型化特徵、約定俗成的期待視野和獨特的意識形態含義」[2]。
也有研究者將「革命歷史題材電影，包括重大革命歷史題材的電影，也包括
革命領袖、英雄前輩和當代先進模範人物的傳記」[3]等都囊括進來，均視為紅
色經典電影範疇。

　　縱觀當下學術界對紅色經典電影的研究，學者們採取了多維度的研究視角。譬如，有對紅色經典電影中的人物塑造及敘事方式的研究，指出革命歷史題材影片「敘事的主導動機最終完成的是對銀幕上英雄的『命名』和對銀幕下觀眾的『召喚』」[4]，以此來完成意識形態的貫注；此外，還有對紅色經典電影的道德導向與教育作用的研究[5]、對紅色經典電影中的音樂與歌曲的研究[6]。

　　在微觀層面上，對單一的紅色經典電影文本及個別導演的研究也有涉及。譬如對影片《英雄兒女》（1964）[7]、《閃閃的紅星》（1974）[8]、《建黨偉業》（2011）[9]，以及對導演崔嵬的研究[10]。同時，還出現了對紅色經典電影的改編與傳播的研究，如對《小兵張嘎》（1963）等紅色經典電影的電視劇改編研究[11]，以及以徐克的《智取威虎山》（2014）為例分析當下紅色經典電影的類型化策略[12]。

　　在宏觀層面上，學術界更關注的是 1949 年之後，即從「十七年」時期開始的紅色經典電影，並一直延續到當下的紅色電影發展情況，對 1949 年以來的紅色經典電影發展進行概述性的論述。譬如有學者提到「在建國六十多年的時間裏，新中國革命歷史題材電影經歷了一個發展、起伏與變遷的過程」[13]。總體說來，在現今的時代背景下，學術界對紅色經典電影的研究呈現出多樣化、多角度的討論趨勢。

圖片說明：左為《野玫瑰》（1932）片頭截圖，右為《火山情血》（1932）片頭截圖。

　　但同時，研究者們在這個問題上普遍對 1949 年之前的中國電影關注力度不夠，視野也相對狹窄，即實際上，1949 年前後中國電影的文化邏輯關聯和歷史承接脈絡被忽視。譬如，對紅色經典電影的源頭，研究者們基本都只追溯到 1942 年毛澤東發表的《在延安文藝座談會上的講話》及其之後的一批文

藝作品。然而在我看來，1949 年後的紅色經典電影，其源頭一定要追溯至 1932 年出現的左翼電影；對二者內在邏輯的梳理，有利於打通對中國電影史的整體認知和把握渠道。這樣，才能對 1949 年後的紅色經典電影與整體的文化生態乃至當下的社會文化有更加精準的認識和定位。

乙、左翼電影——紅色經典電影的源頭

1932 年，左翼電影伴隨著中國社會的內憂外患應運而生，孫瑜編導、聯華影業公司出品的兩部影片成為左翼電影誕生的標誌：一是《野玫瑰》，演繹的是富家子弟愛上貧窮的農家女，隨後在農家女的引導下加入抗日「義勇軍」的傳奇〔註1〕；二是《火山情血》，講的是美貌農家女被惡霸地主逼死，她的哥哥最終報仇雪恨的故事〔註2〕。同年，史東山編導的《奮鬥》，則是舊電影即舊市民電影向左翼電影強行轉型之作：兩個因爭搶愛人入獄的青年工人響應救亡宣傳、捐棄前嫌，一同參加義勇軍走上戰場〔註3〕。

左翼電影的高潮之年是 1933 年〔14〕P183。現存的、公眾能看到的左翼影片，這一年出品的有五部：《惡鄰》用武俠打鬥的形式影射東北民眾的抗日

〔註1〕《野玫瑰》（故事片，黑白，無聲），聯華影業公司 1932 年出品；編劇、導演：孫瑜。我對這部影片的具體意見，祈參見拙作：《〈野玫瑰〉：從舊市民電影向左翼電影的過渡——現存中國早期左翼電影樣本讀解之一》（載《文學評論叢刊》第 11 卷第 1 期，2008 年 11 月，南京，季刊），其完全版和未刪節（配圖）版，先後收入拙著《黑白膠片的文化時態——1922～1936 年中國早期電影現存文本讀解》和《黑馬甲：民國時代的左翼電影——1932～1937 年現存中國電影文本讀解》，敬請參閱。

〔註2〕《火山情血》（故事片，黑白，無聲），聯華影業公司 1932 年出品；編劇、導演：孫瑜。我對這部影片的具體意見，祈參見拙作：《中國早期左翼電影暴力基因的植入及其歷史傳遞——以 1932 年的〈火山情血〉為例》（載《河北師範大學學報》2009 年第 5 期）、《再談左翼電影的幾個特點及知識分子的審美特徵——二讀〈火山情血〉》（載《浙江傳媒學院學報》2015 年第 4 期）。前一篇文章的完全版和未刪節（配圖）版，先後收入拙著《黑白膠片的文化時態——1922～1936 年中國早期電影現存文本讀解》和《黑馬甲：民國時代的左翼電影——1932～1937 年現存中國電影文本讀解》，敬請參閱。

〔註3〕《奮鬥》（故事片，黑白，無聲，殘片），聯華影業公司 1932 年出品；編劇、導演：史東山。我對這部影片的具體意見，祈參見拙作：《1930 年代初期中國舊市民電影向左翼電影的轉型過渡——以聯華影業公司 1932 年出品的〈奮鬥〉為例》（載《浙江傳媒學院學報》2015 年第 1 期），其未刪節（配圖）版，收入拙著《黑馬甲：民國時代的左翼電影——1932～1937 年現存中國電影文本讀解》，敬請參閱。

義舉〔註4〕；《春蠶》表現「豐收成災」，重在體現、灌輸觀念上的思想暴力〔註5〕；《母性之光》強調了由階級性衍生和延伸而來的血統論〔註6〕；《天明》講的是即使淪為性工作者，出身底層的勞動者也依然能保持革命本性並甘願奉獻生命〔註7〕；《小玩意》借一個出身小鎮、賣手工藝品的女小販之口，大力宣揚「實業救國」和抗日救亡理念〔註8〕。

〔註4〕《惡鄰》（故事片，黑白，無聲），月明影片公司 1933 年出品；編劇、說明：李法西；導演：任彭年。我對這部影片具體意見的完全版和未刪節（配圖）版，先後收入拙著《黑白膠片的文化時態──1922～1936 年中國早期電影現存文本讀解》和《黑馬甲：民國時代的左翼電影──1932～1937 年現存中國電影文本讀解》；我對這部影片的最新意見，祈參見拙作：《由武俠片強行轉換而來的左翼電影──再讀 1933 年的〈惡鄰〉》（載《玉溪師範學院學報》2018 年 6 期）。

〔註5〕《春蠶》（故事片，黑白，配音），明星影片公司 1933 年出品；VCD（雙碟），時長 94 分鐘；原著：茅盾；編劇：蔡叔聲【夏衍】；導演：程步高；攝影：王士珍；主演：王人美、金焰、葉娟娟、章志直、嚴工上。我對這部影片的具體討論意見，祈參見拙作：《電影〈春蠶〉：左翼文學與國產電影市場的結晶》（載《徐州師範大學學報》2010 年第 4 期）、《左翼文學與國產電影的正面對接──以 1933 年的〈春蠶〉為例》（載《韓山師範學院學報》2019 年第 4 期）。前一篇文章的完全版和未刪節（配圖）版，先後收入拙著《黑白膠片的文化時態──1922～1936 年中國早期電影現存文本讀解》和《黑馬甲：民國時代的左翼電影──1932～1937 年現存中國電影文本讀解》，敬請參閱。

〔註6〕《母性之光》（故事片，黑白，無聲），聯華影業公司 1933 年出品；原作：田漢；編劇、導演：卜萬蒼。我對這部影片的具體意見，祈參見拙作：《20 世紀 30 年代中國電影市場和商業製作模式制約下的左翼電影──以〈母性之光〉為例》（載《杭州師範大學學報》2008 年第 4 期）、《左翼電影的階級性及其倫理模式──〈母性之光〉（1933）再讀解》（載《汕頭大學學報》2019 年第 2 期），前一篇文章的完全版和未刪節（配圖）版，先後收入拙著《黑白膠片的文化時態──1922～1936 年中國早期電影現存文本讀解》和《黑馬甲：民國時代的左翼電影──1932～1937 年現存中國電影文本讀解》，後一篇被中國人民大學書報資料中心《複印報刊資料》2019 年第 8 期《影視藝術》全文轉載，敬請參閱。

〔註7〕《天明》（故事片，黑白，無聲），聯華影業公司 1933 年出品；編劇、導演：孫瑜。我對這部影片的具體意見，祈參見拙作：《左翼電影的道德激情、暴力意識和階級意識的體現性與宣傳性──以聯華影業公司 1933 年出品的左翼電影〈天明〉為例》（載《杭州師範大學學報》2008 年第 2 期）、《〈天明〉：政治貞潔與肉身貞潔──左翼電影模式的基礎性延展》（載《汕頭大學學報》2018 年第 8 期），前一篇文章的完全版和未刪節（配圖）版，先後收入拙著《黑白膠片的文化時態──1922～1936 年中國早期電影現存文本讀解》和《黑馬甲：民國時代的左翼電影──1932～1937 年現存中國電影文本讀解》，敬請參閱。

〔註8〕《小玩意》（故事片，黑白，無聲），聯華影業公司 1933 年出品；編劇、導演：孫瑜。我對這部影片的具體意見，祈參見拙作：《民族主義立場的激進表達和

圖片說明：左為《春蠶》（1933）片頭截圖，右為《天明》（1933）片頭截圖。

　　1934 年，左翼電影再接再厲。《神女》為淪為最底層的性工作者發聲並表達知識分子的懺悔之意〔註9〕；《體育皇后》表達的是唾棄「錦標」、睥睨世俗的前衛理念〔註10〕；《大路》塑造了國難當頭之際，甘願為國捐軀的男女民工

　　　藝術的超常發揮——對聯華影業公司 1933 年出品的〈小玩意〉的當下讀解》（載《汕頭大學學報》2008 年第 5 期）、《舊市民電影形態與左翼電影的新主題——再讀〈小玩意〉（1933）》（載《學術界》2018 年第 5 期）。前一篇文章的完全版和其未刪節（配圖）版，先後收入拙著《黑白膠片的文化時態——1922～1936 年中國早期電影現存文本讀解》和《黑馬甲：民國時代的左翼電影——1932～1937 年現存中國電影文本讀解》，後一篇被中國人民大學書報資料中心《複印報刊資料》2018 年第 8 期《影視藝術》全文轉載，敬請參閱。

〔註 9〕　《神女》（故事片，黑白，無聲），聯華影業公司 1934 年出品；編劇、導演：吳永剛。我對這部影片的具體意見，祈參見拙作：《城市意識與左翼電影視角中的性工作者形象——1934 年無聲影片〈神女〉的當下讀解》（載《上海文化》2008 年第 5 期），其完全版和未刪節（配圖）版，先後收入拙著《黑白膠片的文化時態——1922～1936 年中國早期電影現存文本讀解》和《黑馬甲：民國時代的左翼電影——1932～1937 年現存中國電影文本讀解》，敬請參閱。

〔註 10〕　《體育皇后》（故事片，黑白，無聲），聯華影業公司 1934 年出品；編劇、導演：孫瑜。我對這部影片的具體意見，祈參見拙作：《對市民電影傳統模式的借用和新知識分子審美情趣的體現——從〈體育皇后〉讀解中國左翼電影在 1934 年的變化》（載《浙江傳媒學院學報》2008 年第 5 期）、《左翼電影的思想性及其反世俗性——二讀〈體育皇后〉（1934 年）》（載《信陽師範學院學報》2019 年第 5 期），前一篇文章的完全版和未刪節（配圖）版，先後收入拙著《黑白膠片的文化時態——1922～1936 年中國早期電影現存文本讀解》和《黑馬甲：民國時代的左翼電影——1932～1937 年現存中國電影文本讀解》，敬請參閱。

群像〔註 11〕；《桃李劫》〔註 12〕和《新女性》〔註 13〕用驚心動魄的個案實例，控訴有錢階級的無恥、抨擊社會對知識分子高尚情懷的摧殘。

　　1935 年，《風雲兒女》在將左翼電影推向有聲片時代巔峰的同時，又標明著左翼電影市場化的全面成熟〔註 14〕。1936 年 5 月，電影界提出「國防電影」的口號[14]P418，但本年度的《孤城烈女》（又名《泣殘紅》）仍然具備左翼電影的形態特質，大力肯定和歌頌被侮辱和被損害的底層女性的革命性。〔註 15〕

〔註 11〕《大路》（故事片，黑白，配音），聯華影業公司 1934 年出品；編劇、導演：孫瑜。我對這部影片的具體意見，祈參見拙作：《左翼電影製作模式的硬化與知識分子視角的變更──從聯華影業公司出品的〈大路〉看 1934 年左翼電影的變化》（載《蘇州科技學院學報》2008 年第 2 期）、《左翼電影的模式及其時代性──二讀〈大路〉（1934）》（載《玉溪師範學院學報》2019 年第 4 期），前一篇文章的完全版和未刪節（配圖）版，先後收入拙著《黑白膠片的文化時態──1922～1936 年中國早期電影現存文本讀解》和《黑馬甲：民國時代的左翼電影──1932～1937 年現存中國電影文本讀解》，敬請參閱。

〔註 12〕《桃李劫》（故事片，黑白，有聲），電通影片公司 1934 年出品；編劇、導演：應雲衛。我對這部影片的具體意見，祈參見拙作：《電影〈桃李劫〉散論──批判性、階級性、暴力性與藝術樸素性之共存》（載《寧波大學學報》2008 年第 2 期），其完全版和未刪節（配圖）版，先後收入拙著《黑白膠片的文化時態──1922～1936 年中國早期電影現存文本讀解》和《黑馬甲：民國時代的左翼電影──1932～1937 年現存中國電影文本讀解》，敬請參閱。

〔註 13〕《新女性》（故事片，黑白，配音），聯華影業公司 1934 年出品；編劇：孫師毅；導演：蔡楚生。我對這部影片的具體意見，祈參見拙作：《變化中的左翼電影：左翼理念與舊市民電影結構性元素的新舊組合──以聯華影業公司〈新女性〉為例》（載《中文自學指導》2008 年第 3 期），其完全版和未刪節（配圖）版，先後收入拙著《黑白膠片的文化時態──1922～1936 年中國早期電影現存文本讀解》和《黑馬甲：民國時代的左翼電影──1932～1937 年現存中國電影文本讀解》，敬請參閱。

〔註 14〕《風雲兒女》（故事片，黑白，有聲），電通影片公司 1935 年出品；【原作：田漢】；編劇：田漢；【分場劇本：夏衍】；導演：許幸之。我對這部影片的具體討論意見，祈參見拙作：《左翼電影的藝術特徵、敘事策略的市場化轉軌及其與新市民電影的內在聯繫》（載《湖南大學學報》2008 年第 3 期），其完全版和未刪節（配圖）版，先後收入拙著《黑白膠片的文化時態──1922～1936 年中國早期電影現存文本讀解》和《黑馬甲：民國時代的左翼電影──1932～1937 年現存中國電影文本讀解》，敬請參閱。

〔註 15〕《孤城烈女》（原名《泣殘紅》，故事片，黑白，有聲），聯華影業公司 1936 年出品；編劇：朱石麟；導演：王次龍。我對這部影片的具體討論意見，祈參見拙作：《〈孤城烈女〉：左翼電影在 1936 年的餘波回轉和傳遞》（載《青海師範大學學報》2008 年第 6 期），其完全版和未刪節（配圖）版，先後收入拙著《黑白膠片的文化時態──1922～1936 年中國早期電影現存文本讀解》和《黑馬甲：民國時代的左翼電影──1932～1937 年現存中國電影文本讀解》，敬請參閱。

　　在1937年「七・七」事變爆發之前，左翼電影完全被國防電影取代，實際上，**國防電影是左翼電影的升級換代版**。換言之，孫瑜在1932年編導的《野玫瑰》和《火山情血》，之所以是左翼電影誕生的開山之作，其根本原因在於這兩部影片基本確立和奠定了左翼電影的革命性特徵及其藝術表現範式，為隨後形成的左翼電影高潮提供了可供模仿、借鑒和發展、提升的思想與藝術模板資源。

圖片說明：左為《母性之光》（1933）片頭截圖，右為《小玩意》（1933）片頭截圖。

　　作為中國1930年代主要的新電影形態之一，左翼電影有如下幾個基本的特徵：

　　第一，階級性。左翼電影誕生於國內外民族矛盾和階級矛盾大潮湧動的1930年代初期，因此，左翼電影中人物的政治立場和個人品質基本上是由其所在階級決定的：一方面，是對社會底層群體和弱勢階層，尤其是底層中的底層、弱勢中的弱勢，如性工作者，滿懷同情與歌頌；另一方面，是對強權勢力和強力階層及其壓迫的決絕抗爭和殊死反抗。

　　第二，暴力性。左翼電影對外反對日本侵略，呼籲抗日救亡；對內反對獨裁統治，宣揚革命意識與階級鬥爭。因此，左翼電影始終以暴力形式和暴力抗爭作為解決民族矛盾或階級矛盾即敵我矛盾的基本方式和主要手段。早期的即1932年的左翼電影，其中的暴力，還是個體暴力與集體暴力並存，前者如《火山情血》，後者如《野玫瑰》。一年之後的1933年，集體暴力很快向階級暴力轉化，突出的例證就是1935年的《風雲兒女》。

　　第三、宣傳性。左翼電影傳達新理念、表現新人物、注重新的意識形態的傳播。左翼電影並不注重敘事模式的創新，其故事結構基本脫胎於舊電影即舊市民電影[15]，因此其「新」不在於講故事，而是將電影當作一種理念載

體，視為用於宣傳的新話語體系。因此，對理念傳達的過分關注和對藝術特性的忽視也導致了左翼電影主題先行、人物形象缺乏立體性以及生活細節被忽視等問題的出現。

總體而言，階級意識、暴力抗爭與理念宣傳，是左翼電影的基礎性特徵與基本構成元素。作為 1930 年代新的主流電影形態之一，左翼電影既是歷史客觀存在的市場化產物，也是當時中國社會和文化生態發展演變的必然結果；既是在藝術風格與敘事模式層面極大地影響著 1949 年之前中國電影的因素，也是 1949 年後紅色經典電影的思想資源、表現形態與創作模式的根源與基礎。

圖片說明：左為《惡鄰》（1933）片頭截圖，右為《體育皇后》（1934）片頭截圖。

丙、國防電影——左翼電影的升級換代版本

1935 年的「華北事變」與「一二・九」運動以後，中國國內的民族危機進一步加深，民族主義情緒空前高漲。1936 年 1 月，「上海電影界救國會」成立，「成立宣言」呼籲「攝製鼓吹民族解放的影片」，5 月，正式提出「國防電影」的口號[14] P417~418。從 1936 年至 1937 年「七・七」事變爆發之前，是國防電影（運動）的高潮時期，其主旨皆以宣傳民族解放為要務。

就現存的、公眾可以看到的影片而言，1936 年出品的國防電影有三部。費穆編導的《狼山喋血記》注重底層啟蒙視角和教育意義，用一個山村的村民們放棄膽怯和退讓，再到聯合起來武力打狼的故事，從世界現代史的高度，試圖灌輸現代意義的民族國家觀念——從其寓言式結構和對村民自身階級性有意弱化的特點可以看出，這是左翼電影強行向國防電影轉型的一個過渡性作品〔註16〕。

〔註16〕《狼山喋血記》（故事片，黑白，有聲），聯華影業公司 1936 年出品；原著：
　　　　沈浮、費穆；編劇、導演：費穆。我對這部影片的具體討論意見，祈參見拙

圖片說明：左為《大路》（1934）片頭截圖，右為《新女性》（1934）片頭截圖。

相形之下，吳永剛編導的《壯志凌雲》，由於其低於左翼電影的接入端口，最大程度地剝離了左翼電影元素與左翼思想根源之間的產權關係，成功借用國防電影的殼資源轉型上市，因此其國防電影理念和特徵表現得更為流暢〔註17〕。但最震撼人心的，還是《浪淘沙》，作為國防電影的高端版本，吳永剛編導的這部影片，其高端地位空前絕後，其影射、承載的民族矛盾和國家立場至今無人超越。〔註18〕

1937年現存的、公眾可以看到的國防電影，也是只有三部。只不過，《聯華交響曲》是一個由八個短片結構成的「集錦片」，包括三個左翼電影（《兩

作：《國防電影與左翼電影的內在承接關係——以1936年聯華影業公司出品的〈狼山喋血記〉為例》（載《佛山科學技術學院學報》2008年第2期），其完全版和未刪節（配圖）版，先後收入拙著《黑白膠片的文化時態——1922～1936年中國早期電影現存文本讀解》和《黑布鞋：1936～1937年現存國防電影文本讀解》，敬請參閱。

〔註17〕《壯志凌雲》（故事片，黑白，有聲），新華影業公司1936年出品；編劇、導演：吳永剛。我對這部影片的具體討論意見，祈參見拙作：《電影市場對左翼電影類型轉換和品質提升的作用——以〈壯志凌雲〉為例》（載《南京師範大學文學院學報》2009年第2期），其完全版和未刪節（配圖）版，先後收入拙著《黑白膠片的文化時態——1922～1936年中國早期電影現存文本讀解》和《黑布鞋：1936～1937年現存國防電影文本讀解》，敬請參閱。

〔註18〕《浪淘沙》（故事片，黑白，有聲），聯華影業公司1936年出品；編劇、導演：吳永剛。我對這部影片的具體討論意見，祈參見拙作：《新浪潮——1930年代中國電影的歷史性閃存——〈浪淘沙〉：電影現代性的高端版本和反主旋律的批判立場》（載《南京藝術學院學報——音樂與表演》2009年第1期），其完全版和未刪節修訂（配圖）版，先後收入拙著《黑白膠片的文化時態——1922～1936年中國早期電影現存文本讀解》和《黑布鞋：1936～1937年現存國防電影文本讀解》，敬請參閱。

毛錢》《三人行》《鬼》），五個國防電影（《春閨斷夢──無言之劇》《陌人生》
《月夜小景》《瘋人狂想曲》《小五義》），由此又一次證明了兩者間的邏輯勾
連與源流淵源〔註19〕。

　　《青年進行曲》雖然整體上受制於左翼電影思想遺傳基因的制約，譬如由
革命同志指定夥伴的戀愛對象必須是無產階級女工──但是對「血統論」的剝
離和反正值得稱道；此外，其觀賞性也值得一提，這是因為，其製作方同是前
一年出品《壯志凌雲》的新華影業公司〔註20〕。相形之下，孫瑜編導的《春到
人間》是最為正宗的國防電影──由左翼電影而來的階級性色彩雖然被強力掩
抑，但還能看出其濃重的階級性即唯成分論的先行線索設計痕跡〔註21〕。

　　全面抗戰爆發前的國防電影，實際上是由1930年代初期興起的左翼電影
轉化而來。1936年國防電影運動的興起，意味著左翼電影時代的終結；換言
之，左翼電影已經被國防電影全面整合、吸收和提升。因此，新興的國防電
影運動在整體上，可以被看作是左翼電影在1936年的轉型，即升級換代產
品。現存的、公眾可以看到的文本也證明了這一論點：

<hr>

〔註19〕　《聯華交響曲》（短片集，黑白，有聲），聯華影業公司1937年出品；編劇、
　　　　導演：司徒慧敏、蔡楚生、費穆、譚友六、沈浮、賀孟斧、朱石麟、孫瑜。
　　　　我對這部影片的具體討論意見，祈參見拙作：《〈聯華交響曲〉：左翼電影餘緒
　　　　與國防電影的雙重疊加──1937年全面抗戰爆發之前中國國產電影文本讀
　　　　解之一》（載《浙江傳媒學院學報》2010年第2期），其完全版和未刪節（配
　　　　圖）版，先後收入拙著《黑夜到來之前的中國電影──1937年現存國產影片
　　　　文本讀解》和《黑布鞋：1936～1937年現存國防電影文本讀解》，敬請參閱。
〔註20〕　《青年進行曲》（故事片，黑白，有聲），新華影業公司1937年出品；編劇：
　　　　田漢；導演：史東山。我對這部影片的具體討論意見，祈參見拙作：《新電影
　　　　的誕生是時代精神和市場需求的產物──以1937年新華影業公司出品的〈青
　　　　年進行曲〉為例》（載《北京電影學院學報》2011年第3期）、《左翼電影、
　　　　國防電影與新中國電影的血緣淵源──以1937年新華影業公司出品的〈青
　　　　年進行曲〉為例》（載《杭州師範大學學報》2011年第4期），兩篇文章合成
　　　　後的完全版和未刪節（配圖）版，先後收入拙著《黑夜到來之前的中國電影
　　　　──1937年現存國產影片文本讀解》和《黑布鞋：1936～1937年現存國防電
　　　　影文本讀解》，敬請參閱。
〔註21〕　《春到人間》（故事片，黑白，有聲），（「聯華」）華安影業股份有限公司1937
　　　　年出品；編劇、導演：孫瑜。我對這部影片的具體討論意見，祈參見拙作：
　　　　《〈春到人間〉：從左翼電影向國防電影的強行轉化──辨析孫瑜在1937年
　　　　為中國電影所做的歷史貢獻》（載《當代電影》2012年第2期），其完全版和
　　　　未刪節（配圖）版，先後收入拙著《黑夜到來之前的中國電影──1937年現
　　　　存國產影片文本讀解》和《黑布鞋：1936～1937年現存國防電影文本讀解》，
　　　　敬請參閱。

圖片說明：左為《神女》（1934）片頭截圖，右為《桃李劫》（1934）片頭截圖。

第一，國防電影將左翼電影強調、凸顯的階級矛盾和階級鬥爭，提升、轉化為民族矛盾和生死存亡的民族對決，即將左翼電影的階級性轉化為民族性；同時，弱化階級矛盾及其表現形式，突出民族矛盾，彰顯現代國家意識。由此，國防電影在整合左翼電影的基礎之上，站在國家與民族存亡與否的高度，將抗日戰爭的正義性置於世界反法西斯戰爭的陣營當中。

第二，從 1932 年至 1935 年間，左翼電影完成了從個體暴力抗爭向群體、階層和階級暴力抗爭的轉變，並在其社會批判的角度上將暴力抗爭的必然性和合理性、合法性逐步深入和泛化。但國防電影將左翼電影中貧富對立的階級鬥爭模式，轉換上升為侵略與反侵略的民族解放戰爭模式。因此，國防電影對民族主義立場和民族解放精神的宣揚，決定了它既是左翼電影暴力意識和暴力革命最直接的受益者，也是其繼承者。

第三，國防電影繼承了左翼電影抗敵救國、民族救亡的宣傳理念，延續了左翼電影中的民族覺醒意識、社會批判精神與暴力抗爭訴求。國防電影（運動）前後雖然只存在一年半左右的時間（1936 年 1 月至 1937 年 7 月），但和左翼電影一樣，啟蒙了廣大民眾尤其是底層民眾的民族、國家觀念，確立了現代化的國家觀照視角。

因此，國防電影與左翼電影之間，不僅存在著直接、明顯的邏輯承接關聯，還是同樣作為新電影的本體性、歷史性和文化性的延續體現。換言之，國防電影是左翼電影的歷史性轉型，是在新的歷史關口對左翼電影的時代精神和藝術成就的繼承與發展，時代感、責任感更強悍、更先進。所以我從一開始就強調，國防電影是左翼電影的升級換代版本。

圖片說明：左為《風雲兒女》（1935）片頭截圖，右為《孤城烈女》（1936）片頭截圖。

丁、抗戰電影──國防電影在戰時的延續

從1937年7月抗戰全面爆發到1945年8月日本投降，中國軍民「人不分老幼，地不分南北」，以血肉之軀頑強抵抗著在軍事、工業等各方面遠勝於自身的日本帝國主義的瘋狂侵略，死亡至少一千五百萬至兩千萬人，「財產損失難以數計」[16]。超過幾十萬人的大型戰役不僅在時間上貫穿始終，而且在空間上標識著大好山河的玉碎場景：

「淞滬會戰」（1937.8.13～11.11）、「太原會戰」（1937.9～11）、「南京會戰」（1937.12.1～13）、「徐州會戰」（1938.1～5）、「武漢會戰」（1938.6.11～10.27）、「長沙會戰」（1939.9～10、1941.9.17～10.9、1941.12.24～1942.1.15、1944.5～8）、「桂南會戰」（1939.11～1940.1）、「豫南會戰」（1941.1～3）、「晉南會戰」（1941.5）、「浙贛會戰」（1942.5～9）、「鄂西會戰」（1943.夏）、「常德會戰」（1943.11～12）、「豫中會戰」（1944.4.17～6.19）、「長衡會戰」（1944.5～8）、「桂柳會戰」（1944.9～12）、「湘西會戰」（1945.4.9～6.7）。[17]

圖片說明：左為《聯華交響曲》（1937）片頭截圖之一，右為《奮鬥》（1932）雜誌廣告。

　　這意味著，八年抗戰期間，中國電影與中國社會一起，進入地緣政治的格局與規劃當中：除了外蒙古獨立和東北早已淪陷外，華北淪陷、華東淪陷、華中淪陷、華南淪陷……大半個中國淪陷。另外，在 1941 年 12 月 7 日太平洋戰爭爆發前，日軍一直沒有進入上海的外國租界，這一時期在租界拍攝和上映的中國影片，史稱「孤島電影」；包括西北的「解放區」和太平洋戰爭爆發前的香港在內，國民政府依然能夠行使主權的「國統區」，在內地基本被壓縮於以陪都重慶為中心的西南一隅。

　　因此，包括「孤島電影」在內的淪陷區，雖然有大約 20 家電影公司並拍攝了 257 部影片[18]P429~461。但稍加檢索就會發現，這裡面不會有、也不會被允許有直接表現中國軍民正面抗擊日本侵略的國防電影或抗戰電影；1942～1945 年的上海更是如此，雖然在全面淪陷的時期曾出品了 100 多部影片[18]P117~118），只有復活的舊電影形態即舊市民電影，以及當年在左翼電影之後出現的新電影即新市民電影和國粹電影，能夠存在並得到高度繁榮發展。〔註22〕

圖片說明：左為《浪淘沙》（1936）片頭截圖，右為《狼山喋血記》（1936）片頭截圖。

　　香港在 1941 年 12 月 7 日太平洋戰爭爆發並淪陷之前，共有 25 家電影公司，拍攝了 100 部左右的粵語片，大部分是「恐怖、武俠、神怪、色情」的舊電影[18]P87~88，在我看來，都屬於舊電影即舊市民電影形態；還有大約三分

〔註22〕我對舊市民電影、新市民電影以及國粹電影的界定與實證文本討論，祈參見拙著：《黑白膠片的文化時態——1922～1936 年中國早期電影現存文本讀解》《黑夜到來之前的中國電影——1937 年現存國產影片文本讀解》《黑棉襖：民國文化中的舊市民電影——1922～1931 年現存中國電影文本讀解》《黑皮鞋：抗戰爆發前的新市民電影——1933～1937 年現存中國電影文本讀解》《黑棉褲：全面抗戰爆發前的國粹電影——1934～1937 年現存文本讀解》的相關章節。我對現存的、公眾可以看到的，包括「孤島電影」在內的淪陷區電影文本的個案讀解意見尚未公開發表，敬請關注。

之一即30部左右的影片，直接或間接地反映中國軍民上下一體奮勇抗擊日本侵略軍的影片[18] P423~428，**屬於國防電影或抗戰電影。**

1937年～1945年，八年全面抗戰期間，「國統區」的電影生產全部由官方電影公司主導完成，即武漢時期和重慶時期的中國電影製片廠（「中製」）、重慶時期的中央電影攝影場（「中電」），以及成都的西北影業公司，統共只出品了19部故事片，其主題或題材全部與抗戰直接相關[18] P419~423，即全部是**國防電影／抗戰電影。**

圖片說明：左為《壯志凌雲》（1936）片頭截圖，右為《聯華交響曲》（1937）片頭截圖之二。

現存的、公眾可以看到的抗戰電影只有6部。其中，在香港出品的有3部：《游擊進行曲》（啟明影業公司，1938）、《萬眾一心》（新世紀影片公司，1939）、《孤島天堂》（大地影業公司，1939）；內地的3部，且均由重慶時期的中國電影製片廠攝製：《塞上風雲》（1940）、《東亞之光》（1940）、《日本間諜》（1943）。〔註23〕

〔註23〕《游擊進行曲》（故事片，黑白，有聲，國語），香港啟明影業公司1938年出品，1941年6月刪剪修改並更名為《正氣歌》後公映；編劇：蔡楚生、司徒慧敏；導演：司徒慧敏。《萬眾一心》（故事片，黑白，有聲，國語），香港新世紀影片公司1939年出品；導演：任彭年；助理編導：顧文宗。《孤島天堂》（故事片，黑白，有聲，國語），香港大地影業公司1939年出品；原作：趙英才；編導：蔡楚生。《東亞之光》（故事片，黑白，有聲），中國電影製片廠（重慶）1940年出品；編導：何非光；故事：劉犁。《塞上風雲》（故事片，黑白，有聲），中國電影製片廠（重慶）1940年出品（1942年上映）；編劇：陽翰笙；導演：應雲衛。《日本間諜》（故事片，黑白，有聲），中國電影製片廠（重慶）1943年出品；原著：【意】范斯伯；改編：陽翰笙；導演：袁叢美。我對上述6部影片的具體討論意見，祈參見拙作：《1938年的抗戰題材電影形態特徵——以當年出品的〈游擊進行曲〉（〈正氣歌〉）為例》（載《當代電影》2017年第8期）、《香港抗戰電影的文化邏輯與歷史貢獻——以〈萬眾一心〉（1930）為例》（配圖7幅，載《韓山師範學院學報》2020年第5期）、

這些影片文本顯示並證明，內地「國統區」的電影只有一種形態，即屬於「抗戰文藝」範疇的抗戰電影。由於 1936 年興起的國防電影（運動），只持續了一年半左右的時間即爆發「七‧七」事變，因此，1937 年 7 月全面抗戰爆發以後的國統區（包括淪陷前的香港）的抗戰電影，實質上就是戰前國防電影形態的延續和戰時體現。

抗戰電影最主要的特徵，就是彰顯中華民族反侵略戰爭的倫理正義。其前身——戰前的國防電影，以及國防電影的源頭左翼電影，都是主題先行，意識形態至上，理念宣傳至上，抗日救國至上，即國家和民族的倫理正義至高無上。就此而言，抗戰電影對左翼電影、國防電影，既有所繼承，也有所發揚。抗戰電影不僅全面繼承和發揚了戰前國防電影的思想特徵，從藝術性上看，譬如故事結構、主體模式和基本元素等，基本也都是左翼電影和國防電影行之有效且一脈相承的標準配置。

圖片說明：左為《青年進行曲》（1937）片頭截圖，右為《春到人間》（1937）片頭截圖。

戊、紅色基因的隔代遺傳——1949 年後的「紅色經典電影」

抗戰結束後，直接為抗戰服務的抗戰電影勝利完成歷史使命，抗戰題材

《抗戰電影的主流形態及港式表達——兼析〈孤島天堂〉（1939）》（載《韓山師範學院學報》2021 年第 4 期）、《〈東亞之光〉（1940）的戰時視角、歷史意義——兼論編導何非光的人生際遇》（載《江南文史縱橫》第二輯，浙江工商大學出版社 2021 年 4 月版）、《抗戰電影：左翼電影與國防電影的形態延續——以〈塞上風雲〉（1940～1942）為例》（載《山西大同大學學報》2019 年第 6 期）、《1937～1945 年中國電影的形態分布與抗戰電影的政宣功略——兼析〈日本間諜〉（1943）》（載《哈爾濱師範大學學報》2021 年第 4 期），上述拙作的未刪節（配圖）版，均收入拙著《黑草鞋：1937～1945 年現存抗戰電影文本讀解》（臺灣花木蘭文化事業有限公司 2020 年版），敬請參閱。

基本成為 1946～1949 年中國電影的背景性敘事場景，譬如高票房電影《天字第一號》(「中電」三廠 1946 年出品)、《一江春水向東流》(「崑崙影業」1947 年出品) 等。

隨著國家與社會形勢的急劇變遷，舊市民電影，譬如文華影業公司出品的《不了情》(1947)、《太太萬歲》(1947) 和《哀樂中年》(1949)，新市民電影譬如《天字第一號》和《一江春水向東流》，國粹電影譬如《小城之春》(「文華」，1948) 等，都再次獲得更大更多的生存和發展空間，整體上得以慣性精進，留下寶貴而切實的歷史足跡。〔註 24〕

另一方面，隨著 1949 年中華人民共和國成立和新政權的逐步穩定，紅色經典電影成為國家意識形態傳播的重要載體。大體量地、有取捨地揚棄、借鑒和繼承了自左翼電影、國防電影和抗戰電影演變而來的基本形態特徵，繼而形成以政治話語體系為主導的電影藝術表達範式，並在 1966～1976 年發展到頂峰。

圖片說明：左、右分別為電影《白毛女》(1950) 和《紅色娘子軍》(1960) 片頭截圖。

紅色經典電影的主要特徵大略如下：

第一，反強權的革命立場。

左翼電影中，反動的、強勢的一方，除了為富不仁、欺壓貧苦民眾的資產階級、地主階級以及反動軍閥，就是作為侵略者的日本帝國主義。1949 年以後的紅色經典電影，又在此基礎上指向當時處於意識形態對立下的幾乎所有西方資本主義國家，以及敗走臺灣的國民政府；1970 年代以後，又增加了 1960 年代初期中、蘇關係惡化之後的蘇聯。在時空不同於現代社會的古裝片中，反動的、強勢的一方，是帝制皇權和壓迫、剝削民眾的地主階級以及附著於二者的知識分子階層。以上種種，皆可以在左翼電影中找到源頭或根源。

〔註 24〕我對這幾部影片的具體討論意見均未公開發表，敬請關注。

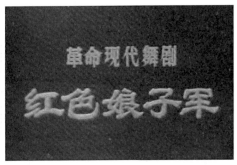

圖片說明：左、右分別為京劇《紅燈記》（1970）和舞劇《紅色娘子軍》（1970）片頭截圖。

　　第二，對階級性的強調、繼承與發揚。

　　在 1930 年代的左翼電影中，社會的弱勢群體譬如工農階級是被同情和歌頌的對象。1949 年後，紅色經典電影將這一被肯定和讚揚的階層置換為「工農兵」的稱謂；「文藝服從於政治」[19] P867 即為政治服務、主要是「為工農兵服務」[19] P855～856。這個「二為」的最高指示，其生成發布時間恰恰是在抗戰期間，具體地說是 1942 年。因此，這成為包括電影在內所有新中國文藝創作的最高指導方針和唯一宗旨。

　　左翼電影中的階級性，即強權勢力階層與貧苦弱勢階層在政治立場與道德品質層面的對立，被紅色經典電影全面繼承並大力發揚。富有階級即地主階級、資產階級，政治上反動、賣國、投靠侵略者，經濟上剝削民眾，道德上敗壞、欺男霸女——1950 年東北電影製片廠出品的《白毛女》就是一個最好的例證和代表，影片中的種種特質，都能從 1930 年代的左翼電影中找到直接的對應要素。[20]

圖片說明：左、右分別為京劇《奇襲白虎團》（1972）和《智取威虎山》（1970）片頭截圖。

第三，暴力鬥爭模式的全面覆蓋。

1949 年後，幾乎所有的紅色經典電影都將 1930 年代左翼電影中的暴力鬥爭模式、國防電影與抗戰電影中抵抗侵略者的戰爭模式予以全面繼承發揚，成為主要的故事架構和不可或缺的敘事元素，「革命歷史題材」尤其是戰爭題材成為電影生產的重中之重，花開百朵，層林盡染。譬如 1966～1976 年的第一批八個「樣板戲」（電影），除了工業題材的《海港》，其餘的《紅燈記》《紅色娘子軍》《奇襲白虎團》《智取威虎山》《白毛女》，京劇《沙家浜》和交響音樂《沙家浜》，無一不是暴力模式全面覆蓋、貫穿始終。

圖片說明：左、右分別為京劇《海港》（1972）和芭蕾舞劇《白毛女》（1972）片頭截圖。

第四，對知識階層的否定與批判，以及對底層女性性侵犯及其反抗模式的繼承與改造。

前者的例證是 1961 年長春電影製片廠攝製的《劉三姐》，後者的例證除了《白毛女》，還有《紅色娘子軍》（上海天馬電影製片廠 1960 年攝製）。事實上，對性剝削和性壓迫的反映，一直是左翼電影的一個傳統的關鍵元素。

但在「紅色經典電影」當中，反面人物對正面女主人公的性侵表達，幾乎都被最大程度地削減甚至抹去痕跡，更多的是突出和強調其由階級性決定的、絕不妥協的鬥爭性和誓死不從的反抗性。這是因為，肉身貞潔其實是政治純潔性的必要條件；二者間的邏輯關聯，甚至還投射到男性正面主人公身上——《紅色娘子軍》就是一個最好的例證。[21]

圖片說明：左、右分別為京劇《沙家浜》（1971）和交響音樂《沙家浜》（1972）片頭截圖。

己、結語

　　只要站位於中國電影發展史的高度，只要順序梳理從1949年直到1980年的電影創作，從任何一個角度都會發現，從「十七年」、「文革」到「新時期」，幾乎所有的電影無一不證明著左翼電影—國防電影—抗戰電影與「紅色經典電影」之間的歷史性的、結構性的邏輯關聯。譬如，以階級性來定位人物品德乃至外在形象的創作範式，使得人物形象塑造符號化和臉譜化，這個根源其實源自左翼電影主題先行的理念和通病，形成的是基因隔代遺傳。二者間的這種遺傳和繼承，這種邏輯關聯，既有內在的，譬如思想資源、思維模式、文化內涵，也有外在的，譬如藝術風格、視聽語言模式，更有人事的……。

　　1949年新中國成立之後，在1930年代左翼電影風起雲湧時期的核心創作者與運動的領導者們，基本上成為了新中國電影行業的奠基者與電影部門的領導者。

　　譬如，袁牧之1946年就已升任東北電影製片廠廠長，並主導拍攝出共和國的第一部電影《橋》，新中國成立後出任中央電影局局長[22]；「田漢在去世之前先後擔任文化部戲曲改進局局長、藝術事業管理局局長、中國戲劇家協會主席等職務，主導著新中國的戲劇工作」[23]；「夏衍則以文化部副部長的身份主管電影」[24]；「洪深在1949年後任中國文聯主席團委員、中國戲劇家協會副主席、中華人民共和國對外文化聯絡局局長、文化部對外文化聯絡事務局副局長等職」[25]；「歐陽予倩雖然在1955年才加入中國共產黨，但建國後歷任中央戲劇學院院長、中國文聯第一屆常委和第二、三屆副主席、中國戲

劇家協會第一、二屆副主席等職務」[26]；「陽翰笙歷任政務院總理辦公廳副主任、文教委員會委員兼副秘書長、中國文聯黨組書記、副主席兼秘書長」[27]。

　　1949 年以後，中國大陸與中國香港、臺灣地區形成了兩岸三地不同的社會制度和意識形態體系，這種差異將中國電影的形態與面貌一分為三。由於意識形態延續以及政治制度的選擇，在中國大陸誕生的紅色經典電影，有選擇性地繼承、發揚了左翼電影的內部資源和外部特徵，並將這種特徵一直延續至 1980 年代改革開放之後。因此，1930 年代的左翼電影對 1949 年後中國大陸電影的直接的歷史性影響及其對當下的現實意義與價值均有待重估[28]。其內在的階級性、暴力性與宣傳性，與 1949 年後大陸紅色經典電影意識形態話語建構之間的內在邏輯關聯，值得更進一步地關注與研究，展開更多的文本論證。〔註 25〕

初稿時間：2019 年 6 月 23 日～10 月 18 日
初稿錄入：劉麗莎、王若璇
二稿配圖：2020 年 1 月 1 日～23 日
輯入校訂：2021 年 5 月 8 日～17 日

參考文獻

〔1〕饒曙光，創造新的紅色經典：意義與途徑〔J〕，當代電影，2011（07）：4。

〔2〕陳旭光，「經典大眾化」：在尊重與變異、重構與消費之間——「紅色經典」在當下文化語境的「再敘說」芻議〔J〕，當代電影，2011（07）：8。

〔註 25〕本章最初曾以《紅色經典電影的歷史流變——從左翼電影、國防電影和抗戰電影說起》為題（無配圖，約 10000 字），先行發表於《學術界》2020 年第 1期。其未刪節（配圖）版，作為拙著《黑草鞋：1937～1945 年現存抗戰電影文本讀解》（「民國文化與文學研究」文叢十二編第 5、6 冊，臺灣花木蘭文化事業有限公司 2020 年 9 月版）的《導論》。此次輯入，正文和參考文獻中的黑體字部分均為修訂或增補之處；另外，己、結語之第二、三自然段，移自拙著《黑夜到來之前的中國電影——1937 年現存國產影片文本讀解》之第捌章《〈青年進行曲〉：為何說左翼電影與新中國電影存在著血統淵源——兼及新市民電影精神對國防電影的外在輻射》。特此申明。

〔3〕毛羽，何振虎，丁蔭楠，張思濤，王興東，劉潤為，沈衛星，黃式憲，永不落幕的紅色電影——關於紅色電影的討論〔N〕，河北日報，2011-07-01（011）。

〔4〕賈磊磊，「紅色戀情」——中國電影的經典敘事方式（一）〔J〕，電影創作，2002（01）：56。

〔5〕徐竟芳，紅色電影及其教育功能研究〔D〕，長沙：湖南師範大學，2012。

〔6〕陳剛，芮豔，難忘的畫面，永恆的旋律——談紅色經典電影歌曲的發展軌跡〔J〕，電影評介，2008（06）：8+32。

〔7〕田英，重溫紅色經典電影《英雄兒女》的愛國情懷〔J〕，電影文學，2012（23）：86～87。

〔8〕崔穎，陰霾下的星光：紅色經典電影《閃閃的紅星》創作歷程〔J〕，電影評介，2014（Z1）：5～7。

〔9〕朱蘭，但家榮，紅色經典電影《建黨偉業》中的愛國情懷〔J〕，電影文學，2016（01）：98～100。

〔10〕尹麟，從崔嵬管窺紅色電影的現代傳播〔D〕，濟南：山東大學，2017。

〔11〕余燕芝，《小兵張嘎》：一個「紅色經典」的改編與傳播〔D〕，廣州：暨南大學，2010。

〔12〕尹葭嫣，紅色經典的類型化再造——徐克版《智取威虎山》改編芻議〔J〕，四川戲劇，2018（03）：86～88。

〔13〕趙俊卿，李剛，論新中國「紅色經典」電影的發展與變遷〔J〕，電影文學，2012（02）：8。

〔14〕程季華，中國電影發展史：第 1 卷〔M〕，北京：中國電影出版社，1963。

〔15〕袁慶豐，舊市民電影的總體特徵——1922～1931 年中國早期電影概論〔J〕，浙江傳媒學院學報，2013（3）：70～74。

〔16〕【美】費正清，費維愷 編，劉敬坤，葉宗敫，曾景忠，李寶鴻，周祖義，丁於廉 譯，謝亮生 校：劍橋中華民國史：下〔M〕，北京：中國社會科學出版社，1993：623。

〔17〕百度百科：《抗日戰爭中正面戰場的 22 次大型會戰》〔EB／OL〕，http://m.wx24.cn/Wap/bm_3w_show.asp?ID=16935〔登陸時間：2020-1-6〕

〔18〕程季華，中國電影發展史：第 2 卷〔M〕，北京：中國電影出版社，1963。

〔19〕毛澤東：在延安文藝座談會上的講話//毛澤東選集：第三卷〔M〕，北京：人民出版社，1991。

〔20〕袁慶豐，政治和藝術示範的標本——超級女聲《白毛女》〔J〕，渤海大學學報，2007（6）：49～57//中國人民大學《複印報刊資料·影視藝術》，2008（5）：19～27。

〔21〕袁慶豐，愛你沒商量：《紅色娘子軍》——紅色風暴中的愛情傳奇和傳統禁忌〔J〕，渤海大學學報，2007（6）：58～64。

〔22〕百度百科〉袁牧之〔EB／OL〕：
https://baike.baidu.com/item/%E8%A2%81%E7%89%A7%E4%B9%8B/2796946?fr=aladdin〔登錄時間：2020-1-8〕

〔23〕百度百科〉百科名片〉田漢〔EB／OL〕：
http://baike.baidu.com/view/28997.htm〔登錄 時間：2011-2-6〕

〔24〕百度百科〉百科知道〉夏衍〔EB／OL〕：
https://zhidao.baidu.com/question/715366339855325525.html〔登錄時間：2011-2-6〕

〔25〕百度百科〉百科知道〉洪深〔EB／OL〕：
http://baike.baidu.com/view/140088.htm〔登錄時間：2011-2-6〕

〔26〕百度百科〉百科名片〉歐陽予倩〔EB／OL〕：
http://baike.baidu.com/view/70961.htm〔登錄時間：2011-2-6〕

〔27〕百度百科〉陽翰笙〔EB／OL〕：http://baike.baidu.com/view/274502.htm〔登錄時間：2011-2-6〕。

〔28〕袁慶豐，1930年代中國左翼電影的歷史面貌及其當下意義〔J〕，學術界，2015（6）：209～217。

From Left-wing Films, National Defense Films, Anti-Japanese War Films to "Classic Red Films" ——One of the Historical Changes of Chinese Films

Reading Guide : In the past, most of the research on "classic red films" involved the revolutionary theme films which appeared in large numbers and formed a pattern after the founding of the People's Republic of China in 1949. The source of the films was "speech at Yan'an Literature and Art Symposium" in 1942. In fact, the starting point and source of "classic red films" are all left-wing films that appeared in 1932 and characterized by class, violence and publicity. The national defense film movement that emerged in 1936 is only the upgraded version of the left-wing film. After the outbreak of the all-round Anti Japanese war in 1937, the Anti Japanese war films in the "Kuomintang area" are the continuation of the national defense films in the time of war. They not only fully inherit the ideological characteristics of the national defense films before the war, but also their story structure, mode, basic elements and other artistic characteristics are consistent with the left-wing films and the national defense films. Therefore, the left-wing films not only influenced and controlled the historical trend of Chinese films in the 1930s, but also established and standardized the cultural ecology and performance mode of Chinese films after 1949 in the way of intergenerational inheritance, and also made its new form - "classic red films", which become the main carrier of new China's ideological and artistic expression, and the important components of political discourse system and propaganda.

Keywords : left-wing film; class; violence; national defense film; anti-Japanese war film; classic red film;

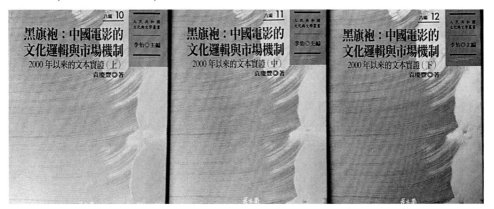

圖片說明：《黑旗袍：中國電影的文化邏輯與市場機制——2000 年以來的文本實證》，「人民共和國文化與文學」叢書八編第 10 冊（序 12+目 2+198 面，ISBN 978-986-518-218-2）、第 11 冊（目 2+186 面，ISBN 978-986-518-219-9）、第 12 冊（目 2+162 面，ISBN 978-986-518-220-5）封面照，臺灣花木蘭文化事業有限公司 2020 年 9 月版（全書共 945 頁，版權頁字數：325190 字，插圖：587 幅）。（圖片攝影：朱穆蘭）

主要參考資料

影像資料

1. 《勞工之愛情》（又名《擲果緣》，故事片，黑白，無聲），明星影片公司
   1922 年出品。VCD（單碟），時長 22 分鐘。編劇：鄭正秋；導演：張
   石川；攝影：張偉濤。

2. 《一串珍珠》（根據法國莫泊桑的小說《項鏈》改編，故事片，黑白，無
   聲），長城畫片公司 1925 年出品。VCD（雙碟），時長 101 分鐘。編劇：
   侯曜；導演：李澤源；攝影：程沛霖。

3. 《海角詩人》（故事片，黑白，無聲，殘片），民新影片公司 1927 年出品。
   現存殘片，時長 19 分 31 秒。編劇、導演：侯曜；攝影：梁林光。

4. 《西廂記》（故事片，黑白，無聲，殘片），民新影片公司 1927 年出品。
   VCD（單碟，殘片），時長 43 分鐘。 編導：侯曜；說明：濮舜卿；攝
   影：梁林光。

5. 《情海重吻》（故事片，黑白，無聲），上海大中華百合影片公司 1928 年
   出品。VCD（單碟），時長 59 分 48 秒。編劇、導演：謝雲卿；攝影：
   周詩穆、嚴秉衡。

6. 《雪中孤雛》（故事片，黑白，無聲），華劇影片公司 1929 年出品。VCD
   （雙碟），時長 76 分 22 秒。 編劇及說明：周鵑紅；導演：張惠民；副
   導演：吳素馨；攝影：湯劍廷。

7. 《怕老婆》（又名《兒子英雄》，故事片，黑白，無聲），上海長城畫片公
   司 1929 年出品。VCD（單碟），時長 71 分 11 秒。編劇：陳趾青；導
   演：楊小仲；攝影：李文光。

8. 《紅俠》（故事片，黑白，無聲），友聯影片公司 1929 年出品。視頻，時長 92 分 03 秒。導演：文逸民；副導演：尚冠武；攝影：姚士泉。

9. 《女俠白玫瑰》（又名《白玫瑰》，故事片，黑白，無聲，殘片），華劇影片公司 1929 年出品。視頻（殘片），時長 26 分 56 秒。編劇：谷劍塵；導演：張惠民；攝影：湯劍廷。

10. 《戀愛與義務》（故事片，黑白，無聲），聯華影業公司 1931 年出品。視頻，時長 101 分 54 秒。原作：華羅琛夫人；編劇：朱石麟；導演：卜萬蒼；攝影：黃紹芬。

11. 《一翦梅》（故事片，黑白，無聲），聯華影業公司 1931 年出品。DVD（單碟），時長 111 分 58 秒。編劇：黃漪磋；導演：卜萬蒼；攝影：黃紹芬。

12. 《桃花泣血記》（故事片，黑白，無聲），聯華影業公司 1931 年出品。VCD（雙碟），時長 88 分 15 秒。編劇、導演：卜萬蒼；攝影：黃紹芬。

13. 《銀漢雙星》（故事片，黑白，無聲），聯華影業公司 1931 年出品。VCD（雙碟），時長 86 分 24 秒。原著：張恨水；編劇：朱石麟；導演：史東山；攝影：周克。

14. 《銀幕豔史》（故事片，黑白，無聲，殘片），明星影片公司 1931 年出品。視頻（殘片），時長 51 分鐘 50 秒。導演：程步高；說明：鄭正秋；攝影：董克毅。

15. 《南國之春》（故事片，黑白，無聲），聯華影業公司 1932 年出品。VCD（雙碟），時長 78 分 34 秒。編劇、導演：蔡楚生；攝影：周克。

16. 《野玫瑰》（故事片，黑白，無聲），聯華影業公司 1932 年出品。VCD（雙碟），時長 80 分鐘。編劇、導演：孫瑜；攝影：余省三。

17. 《火山情血》（故事片，黑白，無聲），聯華影業公司 1932 年出品。VCD（雙碟），時長 95 分 41 秒。編劇、導演：孫瑜；攝影：周克。

18. 《奮鬥》（故事片，黑白，無聲，殘片），聯華影業公司 1932 年出品。視頻（殘片），時長約 85 分鐘。編劇、導演：史東山；攝影：周克。

19. 《脂粉市場》（故事片，黑白，有聲），明星影片公司 1933 年出品。VCD（雙碟），時長 82 分 48 秒。編劇：丁謙平【夏衍】；導演：張石川；攝影：董克毅。

20. 《春蠶》（故事片，黑白，配音），明星影片公司 1933 年出品。VCD（雙碟），時長 94 分鐘。原著：茅盾；編劇：蔡叔聲【夏衍】；導演：程步高；攝影：王士珍。

21. 《姊妹花》（故事片，黑白，有聲），明星影片公司 1933 年出品。VCD（雙碟），時長 81 分 9 秒。編劇、導演：鄭正秋；攝影：董克毅。

22. 《二對一》（故事片，黑白，有聲），明星影片公司 1933 年出品。視頻（現場），時長 79 分鐘 4 秒。編劇：王乾白；導演：張石川；攝影：董克毅。

23. 《天明》（故事片，黑白，無聲），聯華影業公司 1933 年出品。VCD（雙碟），時長 97 分 22 秒。編劇、導演：孫瑜；攝影：周克。

24. 《母性之光》（故事片，黑白，無聲），聯華影業公司 1933 年出品。VCD（雙碟），時長 93 分鐘。原作：田漢；編劇、導演：卜萬蒼；攝影：黃紹芬。

25. 《小玩意》（故事片，黑白，無聲），聯華影業公司 1933 年出品。VCD（雙碟），時長 103 分鐘。編劇、導演：孫瑜；攝影：周克。

26. 《惡鄰》（故事片，黑白，無聲），月明影片公司 1933 年出品。VCD（單碟），時長 41 分 15 秒。編劇、說明：李法西；導演：任彭年；攝影：任彭壽。

27. 《女兒經》（故事片，黑白，有聲），明星影片公司 1934 年出品。VCD（三碟），時長 157 分 54 秒。編劇：編劇委員會；導演：李萍倩、程步高、姚蘇鳳、吳村、陳鏗然、沈西苓、徐欣夫、鄭正秋、張石川；攝影：董克毅、王士珍、嚴秉衡、周詩穆、陳晨。

28. 《歸來》（故事片，黑白，無聲），聯華影業公司第三廠 1934 年出品。原片拷貝（10 本）修復公映版，時長約 93 分鐘。編導：朱石麟；攝影：莊國鈞；布景：吳永剛。

29. 《漁光曲》（故事片，黑白，配音，殘片），聯華影業公司 1934 年出品。VCD（單碟），時長 56 分 6 秒。編劇、導演：蔡楚生；攝影：周克。

30. 《體育皇后》（故事片，黑白，無聲），聯華影業公司 1934 年出品。VCD（雙碟），時長 86 分 24 秒。編劇、導演：孫瑜；攝影：裘逸葦。

31. 《神女》（故事片，黑白，無聲），聯華影業公司 1934 年出品。VCD（雙碟），時長 73 分 28 秒。編劇、導演：吳永剛；攝影：洪偉烈。

32. 《大路》（故事片，黑白，配音），聯華影業公司 1934 年出品。VCD（雙碟），時長 104 分鐘。編劇、導演：孫瑜；攝影：裘逸葦。

33. 《新女性》（故事片，黑白，配音），聯華影業公司 1934 年出品。VCD（雙碟），時長 105 分鐘。編劇：孫師毅；導演：蔡楚生；攝影：周達明。

34. 《桃李劫》（故事片，黑白，有聲），電通影片公司 1934 年出品。VCD（雙碟），時長 102 分 46 秒。編劇、導演：應雲衛；攝影：吳蔚雲、李熊湘。

35. 《風雲兒女》（故事片，黑白，有聲），電通影片公司 1935 年出品。VCD（雙碟），時長 89 分 10 秒。【原作：田漢】；編劇：田漢；【分場劇本：夏衍】；導演：許幸之；攝影：吳印咸。

36. 《都市風光》（故事片，黑白，有聲），電通影片公司 1935 年出品。VCD（雙碟），時長 92 分 29 秒。編劇、導演：袁牧之；攝影：吳印咸。

37. 《船家女》（故事片，黑白，有聲），明星影業公司 1935 年出品。VCD（雙碟），時長 101 分 15 秒。編劇、導演：沈西苓；攝影：嚴秉衡、周詩穆。

38. 《國風》（故事片，黑白，無聲），聯華影業公司 1935 年出品。DVD（單碟），時長 94 分鐘。編劇：羅明佑；聯合導演：羅明佑、朱石麟；攝影：洪偉烈。

39. 《天倫》（故事片，黑白，配音，刪節版），聯華影業公司 1935 年出品。VCD（單碟），時長 45 分 18 秒。編劇：鍾石根；導演：羅明佑；副導演：費穆；攝影：黃紹芬。

40. 《新舊上海》（故事片，黑白，有聲），明星影片公司 1936 年出品。VCD（雙碟），時長 101 分 52 秒。編劇：洪深：導演：程步高；攝影：董克毅。

41. 《浪淘沙》（故事片，黑白，有聲），聯華影業公司 1936 年出品。VCD（單碟），時長 68 分 32 秒。編劇、導演：吳永剛；攝影：洪偉烈。

42. 《迷途的羔羊》（故事片，黑白，配音，刪節版），聯華影業公司 1936 年出品。視頻，時長 63 分 30 秒。編劇、導演：蔡楚生；攝影：周達明。

43. 《狼山喋血記》（故事片，黑白，有聲），聯華影業公司 1936 年出品。VCD（雙碟），時長 69 分 47 秒。原著：沈浮、費穆；編劇、導演：費穆；攝影：周達明。

44. 《孤城烈女》（原名《泣殘紅》，故事片，黑白，有聲），聯華影業公司 1936 年出品。VCD（雙碟），時長 88 分 26 秒。編劇：朱石麟；導演：王次龍；攝影：陳晨。

45. 《慈母曲》（故事片，黑白，有聲），聯華影業公司 1935 年出品。VCD（雙碟），時長 112 分 48 秒。編導：朱石麟；監製、導演：羅明佑；攝影：張克瀾、石世磐、黃紹芬。

46. 《壯志凌雲》（故事片，黑白，有聲），新華影業公司 1936 年出品。VCD（雙碟），時長 93 分 41 秒。編劇、導演：吳永剛；攝影：余省三、薛伯青。

47. 《人海遺珠》（故事片，黑白，有聲），聯華影業公司 1937 年出品。視頻，時長 126 分 28 秒。編劇、導演：朱石麟；攝影：周達明。

48. 《壓歲錢》（故事片，黑白，有聲），明星影片公司 1937 年出品。VCD（雙碟），時長 91 分鐘 9 秒。編劇：洪深【夏衍】；導演：張石川；攝影：董克毅。

49. 《十字街頭》（故事片，黑白，有聲），明星影片公司 1937 年出品。VCD（雙碟），時長 103 分 48 秒。編導：沈西苓；攝影：周詩穆、王玉如。

50. 《馬路天使》（故事片，黑白，有聲），明星影片公司 1937 年出品。VCD（雙碟），時長 89 分 58 秒。編劇、導演：袁牧之；攝影：吳印咸。

51. 《聯華交響曲》（短片集，黑白，有聲），聯華影業公司 1937 年出品。VCD（雙碟），時長 102 分 45 秒。編劇、導演：司徒慧敏、蔡楚生、費穆、譚友六、沈浮、賀孟斧、朱石麟、孫瑜。攝影：黃紹芬、周達明、沈勇石、陳晨。

52. 《如此繁華》（故事片，黑白，有聲），聯華影業公司 1937 年出品。VCD（雙碟），時長 103 分鐘 27 秒。編劇、導演：歐陽予倩；攝影：黃紹芬。

53. 《前臺與後臺》（短故事片，黑白，有聲），聯華影業公司 1937 年出品。VCD（單碟），時長 37 分鐘 07 秒。編劇：費穆；導演：周翼華；攝影：黃紹芬。

54. 《好女兒》（《新舊時代》，故事片，黑白，有聲），（「聯華」）華安影業股份有限公司 1937 年出品，視頻，時長 89 分 43 秒。編劇、導演：朱石麟；攝影：陳晨。

55. 《王老五》（故事片，黑白，有聲），（「聯華」）華安影業股份有限公司 1937 年出品；視頻，時長 110 分 36 秒。編劇、導演：蔡楚生；攝影：周達明。

56. 《夜半歌聲》（故事片，黑白，有聲），新華影業公司 1937 年出品。VCD（雙碟），時長 118 分 8 秒。編劇、導演：馬徐維邦；攝影：余省三、薛伯青。

57. 《青年進行曲》（故事片，黑白，有聲），新華影業公司 1937 年出品。VCD（雙碟），時長 105 分 45 秒。編劇：田漢；導演：史東山；攝影：薛伯青。

58. 《春到人間》（故事片，黑白，有聲），（「聯華」）華安影業股份有限公司 1937 年出品。DVD（單碟），時長 90 分 27 秒。編劇、導演：孫瑜；攝影：黃紹芬。

59. 《藝海風光》（短故事片合集，黑白，有聲），（「聯華」）華安影業股份有限公司 1937 年出品，視頻，時長 102 分 59 秒。（《電影城》，編導：朱石麟；攝影：沈勇石。《話劇團》，編導：賀孟斧；攝影：陳晨。《歌舞班》，編劇：蔡楚生；導演：司徒敏慧；攝影：黃紹芬）。

60. 《雷雨》（故事片，黑白，有聲），新華影業公司 1938 年出品，視頻，時長 95 分 36 秒。原著：曹禺；編劇、導演：方沛霖；攝影：薛伯青。

61. 《胭脂淚》（故事片，黑白，有聲），新華影業公司 1938 年出品。視頻，時長 55 分 59 秒。編劇、導演：吳永剛；攝影：黃紹芬。

62. 《游擊進行曲》（故事片，黑白，有聲，國語），（香港）啟明影業公司 1938 年出品，1941 年 6 月刪剪修改並更名為《正氣歌》後公映。VCD（雙碟），時長 80 分 3 秒。編劇：蔡楚生、司徒慧敏；導演：司徒慧敏；攝影：白英才。

63. 《武則天》（故事片，黑白，有聲），新華影業公司 1939 年出品。VCD（雙碟），時長 95 分 22 秒。編劇：柯靈；導演：方沛霖；攝影：余省三。

64. 《少奶奶的扇子》（故事片，黑白，有聲），華新影片公司 1939 年出品。VCD（雙碟），時長 96 分 38 秒。原著：王爾德；改編：孫敬；導演：李萍倩；攝影：薛伯青。

65. 《王先生吃飯難》（故事片，黑白，有聲），華新影片公司 1939 年出品。視頻（現場），時長 89 分 39 秒。編劇、導演：湯傑；攝影：沈勇石。

66. 《金銀世界》（故事片，黑白，有聲），華新影片公司 1939 年出品。DVD（雙碟），時長 121 分 41 秒。原著：巴若來；編劇：顧仲彝；導演：李萍倩；攝影：沈勇石。

67. 《白蛇傳》（故事片，黑白，有聲），華新影片公司 1939 年出品。視頻（網絡），時長 95 分 19 秒。編劇、導演：楊小仲；攝影：黃紹芬。

68. 《木蘭從軍》（故事片，黑白，有聲），華成影片公司 1939 年出品。視頻，時長 89 分 4 秒。編劇：歐陽予倩；導演：卜萬蒼；攝影：余省三、薛伯青。

69. 《明末遺恨》（故事片，黑白，有聲），華成影片公司 1939 年出品。VCD（雙碟），時長 93 分 10 秒。編劇：魏如晦；導演：張善琨；攝影：黃紹芬。

70. 《萬眾一心》（故事片，黑白，有聲，國語），（香港）新世紀影片公司 1939 年出品。VCD（雙碟），時長 79 分 58 秒。導演：任彭年；助理編導：顧文宗；攝影：阮曾三。

71. 《孤島天堂》（故事片，黑白，有聲，國語），（香港）大地影業公司 1939 年出品，VCD（雙碟），時長 92 分 51 秒。原作：趙英才；編導：蔡楚生；攝影：吳蔚雲。

72. 《東亞之光》（故事片，黑白，有聲，殘片），（重慶）中國電影製片廠 1940 年出品。錄像帶（殘片），時長 75 分 15 秒（原片拷貝時長大約 100 分鐘）。故事：劉犁；編導：何非光；攝影：羅及之。

73. 《塞上風雲》（故事片，黑白，有聲），（重慶）中國電影製片廠 1940 年出品（1942 年上映）。視頻（網絡），時長 90 分 21 秒。編劇：陽翰笙；導演：應雲衛；攝影：王士珍。

74. 《孔夫子》（故事片，黑白，有聲），民華影業公司 1940 年出品。視頻，時長 97 分 12 秒。編劇、導演：費穆；攝影：周達明。

75. 《西廂記》（故事片，黑白，有聲），國華影片公司 1940 年出品。視頻（網絡），時長 93 分 28 秒。編劇：范煙橋；導演：張石川；攝影：董克毅。

76. 《寧武關》（曲藝短片，黑白，有聲），新華影業公司 1941 年出品。VCD（單碟），時長：25 分 8 秒。導演：卜萬蒼；演唱：劉寶全。

77. 《家》（故事片，黑白，有聲，上下集），中國聯合影業公司 1941 年出品。VCD（三碟），時長：171 分 58 秒。改編：周貽白；導演：卜萬蒼、徐欣夫、楊小仲、李萍倩、王次龍、方沛霖、岳楓、吳永剛；攝影：黃紹芬、周達明、余省三、薛伯青。

78. 《鐵扇公主》（動畫，黑白，配音），中國聯合影業公司 1941 年出品。VCD（雙碟），時長 72 分 47 秒。編劇：王乾白；主繪：萬籟鳴、萬古蟾；攝影：劉廣興、陳正發、周家讓、石鳳岐、孫緋霞。

79. 《薄命佳人》（故事片，黑白，有聲），藝華影業公司 1941 年出品。視頻（網絡），時長 83 分 12 秒。編劇：葉逸芳；導演：文逸民，攝影：王春泉。

80. 《世界兒女》（故事片，黑白，有聲），民華影業公司、大風影片公司 1941 年聯合出品。視頻（網絡），時長 87 分 49 秒。原著：費穆；導演：賈克佛萊克、露蕙絲佛萊克；攝影：周達明、費俊庠。

81. 《迎春花》（故事片，黑白，有聲），（長春）滿洲映畫協會 1942 年出品。DVD（單碟），時長 73 分 53 秒。編劇：長瀨喜伴；導演：佐佐木康；攝影：野村昊。

82. 《春》（故事片，黑白，有聲），中華聯合製片股份有限公司 1942 年出品。VCD（雙碟），時長 104 分 33 秒。原著：巴金；改編：楊小仲；導演：楊小仲；攝影：黃紹芬。

83. 《秋》（故事片，黑白，有聲），中華聯合製片股份有限公司 1942 年出品。視頻（網絡），時長 112 分 9 秒。原著：巴金；改編：楊小仲；導演：楊小仲；攝影：黃紹芬、呂業均。

84. 《長恨天》（故事片，黑白，有聲），中華聯合製片股份有限公司 1942 年出品。VCD（雙碟），時長 74 分 33 秒。編劇、導演：孫敬；攝影：嚴秉衡。

85. 《博愛》(故事片，黑白，有聲)，中華聯合製片股份有限公司 1942 年出品。視頻（網絡），時長 142 分 24 秒。導演：卜萬蒼、楊小仲、張善琨、馬徐維邦、岳楓、張石川、徐欣夫、王引、朱石麟、李萍倩、方沛霖。

86. 《秋海棠》(故事片，黑白，有聲)，中華電影聯合股份有限公司 1943 年出品。VCD（四碟），時長 202 分 3 秒。編劇、導演：馬徐維邦；攝影：王春泉。

87. 《萬世流芳》(故事片，黑白，有聲)，中華電影股份有限公司、滿洲映畫協會、中華聯合製片股份有限公司 1943 年聯合出品。視頻，時長 199 分鐘 47 秒。編劇：朱石麟；導演：卜萬蒼、朱石麟、馬徐維邦、張善琨、楊小仲；攝影：余省三、黃紹芬。

88. 《萬紫千紅》(故事片，黑白，有聲)，中華電影聯合股份有限公司、日本東寶歌舞團 1943 年聯合出品。視頻，時長 74 分 15 秒。編劇：陶秦；導演：方沛霖；攝影：莊國鈞。

89. 《新生》(故事片，黑白，有聲)，中華電影聯合股份有限公司 1943 年出品。視頻，時長 70 分鐘 49 秒。編劇：吳磊；導演：高梨痕；攝影：王玉如。

90. 《漁家女》(故事片，黑白，有聲)，中華電影聯合股份有限公司 1943 年出品。視頻，時長 106 分 11 秒。編劇、導演：卜萬蒼；攝影：周達明。

91. 《日本間諜》(故事片，黑白，有聲)，(重慶) 中國電影製片廠 1943 年出品。視頻，時長 90 分鐘 33 秒。原著：范斯伯；改編：陽翰笙；導演：袁叢美；攝影：吳蔚雲。

92. 《春江遺恨》(故事片，黑白，有聲)，中華電影聯合股份有限公司、大日本映畫製作株式會社 1944 年聯合出品。視頻，時長 59 分 9 秒。編劇：八尋不二、陶秦；導演：稻垣浩，胡心靈，岳楓。

93. 《紅樓夢》(故事片，黑白，有聲)，中華電影聯合股份有限公司 1944 年出品。VCD（雙碟），時長 125 分 1 秒。編劇、導演：卜萬蒼；攝影：余省三。

94. 《結婚進行曲》(故事片，黑白，有聲)，中華電影聯合股份有限公司 1944 年出品。視頻，時長 92 分鐘 11 秒。原著：菊池寬；改編：楊小仲；導演：楊小仲；攝影：沈勇石、李生偉。

95. 《混江龍李俊》（故事片，黑白，有聲），華北電影股份有限公司 1944 年出品。VCD（雙碟），時長 89 分 19 秒。編劇：王介人；導演：王元龍。

96. 《摩登女性》（故事片，黑白，有聲），中華電影聯合股份有限公司 1945 年出品。VCD（雙碟），時長 68 分 39 秒。導演：屠光啟。

97. 《香港電影之父──黎民偉》，DVD，監製：蔡繼光、羅卡；資料、編劇：羅卡、吳月華；導演：蔡繼光。香港藝術發展局資助，（香港）龍光影業有限公司 2001 年出品。

98. 《老電影、老上海》，DVD，編導：朱晴、彭培軍；上海電視臺紀實頻道製作，中國唱片上海公司 2005 年出版發行。

（注：沒有注明地域的製片公司／出品單位均來自上海）

紙質資料

1. 《中國影戲大觀》，徐恥痕編纂，上海合作出版社民國十六年（1927 年）版。

2. 《現代中國電影史略》，鄭君里著，上海良友圖書印刷公司 1936 年版。

3. 《中國電影發展史》第一卷、第二卷，程季華主編，北京：中國電影出版社 1963 年版。

4. 《中國銀壇外史》，關文清著，香港廣角鏡出版社 1976 年版。

5. 《孤島見聞──抗戰時期的上海》，陶菊隱著，上海人民出版社 1979 年版。

6. 《我的探索和追求》，吳永剛著，北京：中國電影出版社 1986 年版。

7. 《銀海泛舟──回憶我的一生》，孫瑜著，上海文藝出版社 1987 年版。

8. 《胡蝶回憶錄》，胡蝶口述，劉慧琴整理，北京：新華出版社 1987 年版（內部發行）。

9. 《中國左翼電影運動》，陳播主編，北京：中國電影出版社 1993 年版。

10. 《三十年代中國電影評論文選》，陳播主編，北京：中國電影出版社 1993 年版。

11. 《劍橋中華民國史：1912～1949 年》（下），【美】費正清、費維愷編，劉敬坤、葉宗揚、曾景忠、李寶鴻、周祖義、丁於廉譯，謝亮生校，北京：中國社會科學出版社 1994 年版。

12. 【法】喬治 · 薩杜爾:《世界電影史》,徐昭、胡承偉譯,北京:中國電影出版社 1995 年版。

13. 《中國無聲電影劇本》,中國電影資料館編,上中下卷,北京,中國電影出版社 1996 年版。

14. 《中國現代文學三十年(修訂本)》,錢理群、溫儒敏、吳福輝著,北京大學出版社 1998 年版。

15. 《中國當代文學史教程》,陳思和主編,上海:復旦大學出版社 1999 年版。

16. 《何非光圖文資料彙編》,黃仁編,臺北:國家電影資料館 2000 年版。

17. 《行雲流水篇:回憶、追念、影存》,黎莉莉著,北京:中國電影出版社 2001 年版。

18. 【美】魏斐德:《上海警察:1927～1937》,章紅、陳雁、金燕、張曉陽譯,周育民校,上海古籍出版社 2004 年版。

19. 【法】安克強:《上海妓女:19～20 世紀中國的賣淫與性》,袁燮銘、夏俊霞譯,上海古籍出版社 2004 年版。

20. 盧漢超:《霓虹燈外——20 世紀初日常生活中的上海》,段煉、吳敏、子羽譯,上海古籍出版社 2004 年版。

21. 《我的成名與不幸——王人美回憶錄》,王人美口述,解波整理,北京,團結出版社 2007 年版。

22. 《早期香港電影史 1897～1945》,周承人、李以莊著,上海人民出版社 2009 年版。

23. 《中國早期電影史:1896～1937》,胡霽榮著,上海人民出版社 2010 年版。

後記　明月松間照幾許？

　　這本《黑棉褲：全面抗戰爆發前的國粹電影——1934～1937 年現存文本讀解》的論文專輯，是繼拙著《黑棉襖：民國文化中的舊市民電影——1922～1931 年現存中國電影文本讀解》（臺灣花木蘭文化出版社 2014 年版）、《黑馬甲：民國時代的左翼電影——1932～1937 年現存中國電影文本讀解》（臺灣花木蘭文化出版社 2015 年版）、《黑皮鞋：抗戰爆發前的新市民電影——1933～1937 年現存中國電影文本讀解》（臺灣花木蘭文化出版社 2016 年版）和《黑布鞋：1936～1937 年現存國防電影文本讀解》（臺灣花木蘭文化事業有限公司 2017 年版）之後，對現存的、出品於 1938 年之前，且公眾能看到的中國早期電影文本的第五本個案討論專題論文結集。

這五本專題論文結集中的絕大部分篇章，均出自以下兩部拙著，即《黑白膠片的文化時態——1922～1936 年中國早期電影現存文本讀解》（上海三聯書店 2009 年 10 月版）和《黑夜到來之前的中國電影——1937 年現存國產影片文本讀解》（中國廣播電視出版社 2012 年 1 月版）；其餘一小部分，是後來新寫就並在學術雜誌上公開發表過的——主要是對新「發現」的，或對公眾剛剛開放的，或者是我偶然在學術研討會上看到的中國電影資料館館藏影片的個案討論。

還需要說明的是，這些分別收入五本專輯的論文，並非僅僅是上述兩部大陸結集版的簡單移植。眾所周知，在大陸學術雜誌發表的論文多有體例、格式的規範和慣例的限制，譬如基本上不能配置多幅插圖（影片廣告和截圖）；同時，即使結集成書出版，同樣還有其他諸多限制乃至禁忌——被刪改、刪節，乃至必須以規定的範式和詞語表述，都是不可避免的常態。因此，這些有幸在海外結集出版的專輯，全部是未刪節配圖版。也就是說，都是恢復了原始稿的本來面目後呈現的「真本」。

收入這本「黑棉褲：全面抗戰爆發前的國粹電影」專輯裏的文章，正編第貳章《〈國風〉（1935 年）——官方政治話語對 1930 年代電影製作的介入及其藝術轉達》、第叁章《〈天倫〉（1935 年，刪節版）——政治話語情結與傳統倫理文化讀解的雙重錯位》，此前是《黑白膠片的文化時態——1922～1936 年中國早期電影現存文本讀解》的第 27 章、第 28 章。正編第陸章《〈前臺與後臺〉（1937 年）——國粹電影如何承載與展示民族精神和文化傳統》，此前是《黑夜到來之前的中國電影——1937 年現存國產影片文本讀解》的第六章。前編《〈戀愛與義務〉（1931 年）——舊市民電影的道德圖解與新電影的生長點》，則是在雜誌上發表後，先被中國人民大學《複印報刊資料·影視藝術》2014 年第 7 期全文轉載，爾後其未刪節（配圖）版，作為第拾章，收入《黑棉襖：民國文化中的舊市民電影——1922～1931 年現存中國電影文本讀解》。

新寫就並在雜誌上公開發表且從沒有收入任何專輯的篇章，依次是：《導論：第三種立場，第三種聲音——1930 年代國粹電影的生態背景及其歷史意義》、正編第壹章《〈歸來〉（1934 年）——國粹電影中女主人公的道德站位與文化指南》、第伍章《〈人海遺珠〉（1937 年）——不同於舊電影的舊，也有別於新電影的新》。但是，正編的第肆章《〈慈母曲〉（1936 年）——從舊道德和舊倫理中發掘新思想和新文化》、第柒章《〈好女兒〉（〈新舊時代〉，1937 年）

——全面抗戰爆發前夕華安影業公司對國粹電影的承接》，之所以以《存目》的形式收入，是因為原稿尚未在雜誌上公開發表。按照我十幾年來結集成書的慣例，未發表過的論文是不能收入的。這一點，還要請讀者諸君理解。

此外，我對從 1937 年 7 月全面抗戰爆發至 1945 年 8 月抗戰勝利結束，這八年間現存的、公眾可以看到的中國電影文本的個案討論，已結集為《黑草鞋：1937～1945 年現存抗戰電影文本讀解》，2020 年交由臺灣花木蘭文化事業有限公司出版。如果再加上《新世紀中國電影讀片報告》（中國傳媒大學出版社 2014 年版，未刪節版增補本《黑旗袍：中國電影的文化邏輯與市場機制——2000 年以來的文本實證》，臺灣花木蘭文化事業有限公司 2020 年版），那麼，這本討論國粹電影的專輯，是我的第十本電影文本個案讀解專輯。

從 2007 年開始發表第一篇電影學論文至今，十幾年來，我以個案研討形式讀解的中國影片大約有 60 部。這些影片的出品時間跨度，從 1922 年到 2013 年。而未發表的論文，討論的中國電影，時間最近的出品於 2020 年，相應的論文初稿也有 60 篇左右（討論外國譯製片的論文約有 90 篇，發表出來的不超過十分之一）。換言之，我對中國電影（以及 1949 年後進入中國大陸公映的外國電影）的研討，一方面始終以個案讀解為主，從個體看全體、從現象看本質；另一方面，又是從早期到當下、從本土到外國，整體性地把握、分析並得出一己之結論的。

我的結論，要而言之：從 1905 年中國電影誕生，到 1932 年新電影出現，舊市民電影是唯一主流形態；1932 年出現的新電影，既有左翼電影（以及在 1936 年出現的，其升級換代版的國防電影），也有新市民電影、國粹電影。

舊市民電影以噱頭、打鬥和鬧劇為核心元素，以社會教化為主題、以婚姻家庭和武俠神怪為主要題材；左翼電影對外呼籲抗日救亡，對內主張反抗強權勢力、為弱勢群體發聲；有條件地抽取借助左翼電影思想元素、側重都市文化消費的，是新市民電影；在認同舊市民電影倫理道統基礎上，既反對左翼電影激進的社會革命立場、又反對新市民電影追求娛樂消費功能的，是國粹電影。這四種電影形態，是 1937 年 7 月全面抗戰爆發前中國電影的整體面貌——從現存的、公眾可以看到的文本驗證來看，無一例外。

這第十本書專輯的意義在於，近二十年來，我對現存的、公眾可以看到的中國電影文本的讀解，得出的結論，一方面始終依靠文本的實證支撐，「有一分證據說一分話」；另一方面，近二十年來，雖有個別影片的形態歸屬和某一形態的稱謂做了微調，但我的整個理論框架，從思路到結構，都始終沒有發生體系性的變化，論點、論據也都有相應的案例支撐，經受住了不間斷地質疑和驗證。

近幾年來，不斷有素昧平生的、尤其是外地的研究者，在各個層級的學術雜誌上發表的論文中，認同、支持並多次引用我的體系性觀點，尤其是贊同我對舊市民電影、新市民電影的形態劃分。這裡需要解釋的是，由於左翼

電影、國防電影是史有定論的概念和觀點，因此，他們對我的肯定尤其珍貴。
我希望，這本專門討論國粹電影的專題論文專輯的出版，能為早期中國電影
歷史和相關理論研究，提供更多的本土化研究理念和觀照視角。

袁慶豐　2021 年 5 月 5 日～18 日
記於北京東郊定福莊養心廊二分廊

本書八部影片信息

《歸來》（故事片，黑白，無聲），聯華影業公司第三廠 1934 年出品。原片拷貝（10 本）修復公映版，時長約 93 分鐘。

　　〉〉〉編導：朱石麟；攝影：莊國鈞；布景：吳永剛。

　　〉〉〉主演：高占非、阮玲玉、妮姬娣娜、黎鏗、尚冠武、洪鶯、魏巍。

《國風》（故事片，黑白，無聲），聯華影業公司 1935 年出品。DVD（單碟），時長 94 分鐘。

　　〉〉〉編劇：羅明佑；聯合導演：羅明佑、朱石麟；攝影：洪偉烈。

　　〉〉〉主演：林楚楚、阮玲玉、黎莉莉、鄭君里、羅朋。

《天倫》（故事片，黑白，配音，刪節版），聯華影業公司 1935 年出品。VCD（單碟），時長 45 分 18 秒。

　　〉〉〉編劇：鍾石根；導演：羅明佑；副導演：費穆；攝影：黃紹芬。

　　〉〉〉主演：林楚楚、尚冠武、黎灼灼、張翼、鄭君里、陳燕燕、梅琳。

《慈母曲》（故事片，黑白，有聲），聯華影業公司 1936 年出品。VCD（雙碟），時長 111 分鐘 53 秒。

　　〉〉〉編導：朱石麟；監製、導演：羅明佑；攝影：張克瀾、石世磐、黃紹芬。

　　〉〉〉主演：林楚楚、劉繼群、洪警鈴、黎灼灼、鄭君里、白璐、羅朋、龔智華、梅琳、章志直、黎莉莉、蔣君超、張翼、陳燕燕。

《人海遺珠》（故事片，黑白，有聲），華安影業股份有限公司 1937 年出品。時長（網絡視頻版）：126 分 28 秒。

　　>>> 編劇、導演：朱石麟；攝影：周達明。

　　>>> 主演：李清、黎莉莉、黎灼灼、劉瓊、殷秀岑、洪警鈴、韓蘭根、張琬、寧萱。

《前臺與後臺》（短故事片，黑白，有聲），聯華影業公司 1937 年出品。VCD（單碟），時長 37 分 7 秒。

　　>>> 編劇：費穆；導演：周翼華；攝影：黃紹芬。

　　>>> 主演：寧萱、張琬、傅繼秋、裴沖、劉瓊。

《好女兒》（原名《新舊時代》，故事片，黑白，有聲），華安影業股份有限公司 1937 年出品。時長（網絡視頻版）：89 分 43 秒。

　　>>> 編導：朱石麟；攝影：陳晨。

　　>>> 主演：陳燕燕、尚冠武、黎灼灼、李清、尤光照、白璐。

《戀愛與義務》（根據波蘭女作家華羅琛的同名小說改編，故事片，黑白，無聲），聯華影業公司 1931 年出品。時長（網絡視頻版）：151 分 32 秒。

　　>>> 原作：【波蘭】華羅琛夫人；編劇：朱石麟；導演：卜萬蒼；攝影：黃紹芬。

　　>>> 主演：金焰、阮玲玉、陳燕燕、黎英、劉繼群、周麗麗。